U0658597

虹

彩虹

BANANA
YOSHIMOTO

[日]
吉本芭娜娜 —————— 著
钱洁雯 —————— 译

上海译文出版社

目录

“和海龟、鲨鱼、鳐鱼一起畅游深海鱼缸。”这个泻湖浮潜之旅吸引了许多住在波拉波拉岛①上的观光客参加。

不过，只有我独自一人前来，四下一张望，其他的都是法国人、意大利人，大家来自各个酒店，组成一个个小团队，没有一个日本人。我倒不觉得害怕，只是在大家吵吵嚷嚷排成一队时，原本就个子矮小的我越发显得不起眼了。我们分成几个小组，轮番跳入大海。

和我同组的是一个法国家庭。

妈妈挺着大肚子，只有爸爸和十岁的小男孩要下水。“我们走了哦。”“等我们回来哦。”他们叮嘱着，一前一后往沙滩奔去。

妈妈腆着肚子斜躺在遮阳伞下晒太阳。

不由得想起小时候“无论发生什么，妈妈总会在身边看着我”的那份心情。虽然看不清遮阳伞下那位法国妈妈的脸，但她一定在微笑，那种熟悉而又陌生的感觉似乎又回来了。

孩提时代毫无顾忌地专注玩耍时感受到的那种幸福，就像深色蜂蜜一般黏稠快乐。我用尽全力回忆往事，感到一丝苦闷：我居然到了这么遥远的地方?!

其实并不是想家了，迄今为止也并未屡屡碰到不开心的事情。

然而，当见到那个在遮阳伞下的陌生母亲长裙下露出白白的脚，在白白的沙滩上投下影子，每次回头，心里总会泛起淡淡的酸楚。

我下到海里。在这个大鱼缸里，被观赏着的应

---

① 太平洋东南部社会群岛岛屿，隶属法属波利尼西亚。美国作家詹姆斯·米切纳称之为“世界上最美丽的岛屿”。

该是人类自己吧。鱼儿们完全无视我们的到来，自顾自游得不亦乐乎。

或者，如果真有外星人存在，他们看地球上的人类，就如同我们看这些鱼儿一般，是在大气里欢快地游泳吧。

这时，一条小小的柠檬色鲨鱼慢慢游过来，那动作和别的鱼都有所不同。

啊，太有趣了，真是黄色的。我睁大了眼睛。

它边摇摆尾巴边控制着方向，我开始担心自己脚部的移动是不是已经落在了它眼里。听说鲨鱼的嗅觉是人的几万倍，当它咬住你的时候，眼睛都会变得不一样，不知怎么回事，这些知识开始非常清晰地出现在我脑海中。

“这样小小的一条鱼，却有着与其他鱼不同的强大的压迫力，好可怕！可是那黄色好漂亮！”

我想叫出声来，不由自主地伸手指向它。我的手比常人小一些，在大海中，似乎愈加小了。

一边的老夫妇也在水里频频点头，他们看到鲨鱼一定也觉得很兴奋吧。在来时的船上曾经和他们简单聊了两句，这是一对法国夫妇，和我住同一间酒店。

在水中望着鲨鱼，三个人的手自然地握在一起。

超越国籍的双手，爷爷奶奶辈温暖的手，这样的感觉让我满心欢喜。那是紧紧拥抱过孙辈的布满皱纹的手。

渐渐发觉鲨鱼并没有侵犯我们的意思，三人从水里抬起头聊了几句关于鲨鱼的话题，然后分别游开去寻找各自想看的鱼。

我还是静静地看着眼前的鲨鱼。

是透明的黄色？不，是更接近于闪闪发光的柠檬色，和传说的完全一样。居然有颜色这样漂亮的生物！居然有水果色的生物在眼前游动！我使劲盯视着鲨鱼，眼睛一定像坠入爱河般熠熠生辉。

海水最初一定很干净，只是因为人们留下的沙

粒而渐渐混浊。就像沙漠里扬起的沙尘，又或是在风大的日子里远处飘来的云团，鱼儿的王国就这样被薄雾笼罩了。

在眼前这一片清澈透明的海水里，口中是海水淡淡的咸味，不同颜色的鱼儿游来游去，沙滩上还有鳐鱼轻轻滑过。珊瑚的颜色在光影的照射下变换着，水中的一切似乎都在发光。

我在做梦吗？难道看到了彩虹？七种颜色都来到这个世界，它们渗出来，变成漂亮的蝴蝶结摇摆着，时间仿佛停止了，世界安静下来。

虽然发生了许多事情，仍然可以看到这么美丽的世界……只要活着，即使会痛苦，可是一定会有这样的时刻出现。一定。

这样想着，感觉体内涌动起强大的力量。

至少在这个瞬间，我仿佛又回到了青涩的少女时代，向未知的世界进发。武器是比一般人还要小一号的身体，用这个微不足道的无法依赖的身体，像个宇宙战士一样摆脱地心引力，在未知的魅力四射的世界中，尽管有许多人同在，却只听见自己呼吸的声音。

自从来到大溪地，我就一直犯困。

怎么也睡不够。从莫雷阿岛[①]到了波拉波拉岛，难得头脑一发热住进这家高档酒店，即便水上木屋震耳欲聋的海浪声把我包围，我依然睁一睁眼继续睡去。入夜后，海风的声音似乎包围了整个房间，白天似乎永远都不会来临。或许这巨大的海浪声对我而言，正是和外界或者过去隔离的最好屏障。

醒来就一个人呆呆地散步，或者游泳，抑或走很远的路到餐厅去吃东西。

要去餐厅，要先走一段木板路，然后绕过被小别墅环绕的巨大花园，过一座桥，看看在运河般的海水里游泳的鱼儿，沿着海岸线再走一段，最后到达目的地。

---

① Moorea和大溪地岛（Tahiti）、波拉波拉岛（Bora Bora）、呼尔希尼岛（Huahine）、瑞亚堤亚岛（Raiatea）并称为法属波利尼西亚的五大群岛。

这段路对我这个睡不醒又没有任何计划的人来说，是极好的消磨时间的行程。

默默行走间，景色一直在眼前变幻，让我觉得像是在做梦。自己似乎被扔到了美景之外，原来美丽的景色是在梦里。白天是在灿烂的阳光下，晚上则是在漆黑的暗影里。

可是在这一刻，在海水里，我却异常清醒。

周围的一切突然变得清晰，皮肤愉快地捕捉到海水的温润，被活泼的生命团拥，就好像大幕在眼前拉起，我又重新回到了这个世界。

脚趾碰到海底的沙子，觉得有些透不过气来，抬起头吸了几口气，又回到海底。发丝在眼前飘动，不远处有一只海龟……这一刻对我而言，就像清晨一觉醒来，周围的一切都那么新鲜，感觉越来越鲜明。

光线每时每刻不断变换着照在海水上，沙子平坦地一层一层卷上来，人和鱼儿就像在逛街似的互

相交错，刚才握过手的法国老夫妇不即不离就在一边。

最后从水里上来取下潜水眼镜时，这魔法也没有消失。强烈的光线、浓郁的绿色、静静的海湾，都和下海前没有什么区别。

远远地看到刚才那男孩向他母亲的方向跑去。

我在太阳下晾干身体，被浸湿的深蓝色泳衣也好像海里的生物一般闪闪发光，炫目。沾满了沙子的身体，从头发上滑落的透明水滴……纤细如丝、容易受伤害的心情渐渐充斥全身。

我以前一直认为人和人之间几乎没有幸福的形态。从小就在自家开的小旅馆里看到了形形色色的人的眼泪，从那里学到了争吵、悲伤和安静的幸福感，如同海浪般此起彼伏。

不过人和人之间偶尔还是会有蜜月期。就像儿时的游戏，打开那罐琥珀色的液体，偷尝那甜得发腻的蜜，天真而刺激。

从机场到酒店需要乘坐专用船只，在船上看到一对幸福的情侣。两人并肩注视着海景，仿佛可以一直美丽到永远。

可是，无论是谁，都不可能持续到永远。无论如何美丽的瞬间，都会发生变化。

所以他们才看起来那么美。由于小船坐不下那么多人，他们上了工作人员的船。两人手牵手，笑容灿烂，发丝飘舞，夕阳渐渐笼罩了他们，小船沿着水面划向远方。

莫非我也身处于这美丽的风景之中？这时，我第一次略显单纯地这样想。

可能是亲眼看到了柠檬色鲨鱼的关系吧。

自己的想法是不是太过固执了？可能一切都是自然而然发生的。当我被这美丽的光线笼罩时，魔法似乎开始消失了。

无论做什么，我都需要时间，需要很多时间。阳光却似乎一点都不介意，始终温暖地照耀在我身上。

※

我非常渴望来大溪地。

从十几岁起就开始在经营大溪地料理的餐厅打工，却一次都没有到过这里，总觉得惭愧。可一直都没有请到长假，工作本身又十分有趣，不知不觉过了近十年。

刚到时住在可以自己做饭的海边小屋，后来搬到波拉波拉岛上高级酒店的水上木屋。

其实难得来一次，应该多转些地方。可自从到了这里，心情好像一下放松了。

就这样呆呆看着大海，让时间悄悄溜走。再次见到了澎湃的大海，想起小时候的生活，觉得非常满足。

十一岁时，父母离婚了。

是爸爸另外有了喜欢的人而离开了家。在此之前，爸爸是家里的顶梁柱，我们在濒海的观光地经营一家小餐馆，过着平静的日子。

事情发生后，周围的人都觉得十分惊讶，最震惊的应该是被抛弃的家人吧。虽然无法向爸爸证实，但我想当时他本人应该也始料不及。对，就是这么突然的变故，突然得来不及悲伤。

母亲并不是那种会去挽回这种状况或者就此等待下去的人。为了开始新的生活，她叫来住在老家的外婆，我们三个人一起生活。而一直经营着的小餐馆也没有因为父亲的离开而结束，反而开始在忙碌的夏季以外的时候兼营旅店。

大概是因为这个原因吧，我们三人就像在孤岛上赖以生存的彼此，关系变得更加紧密。

我在少女时代一直都和外婆一起在餐馆帮忙，也帮着做些家务。

我和外婆、妈妈相处得很好，对我而言，做那些事并不辛苦，只是感觉这就是单纯的现实。夏天每天都去游泳或者钓鱼，偶尔和观光客谈一场小小的恋爱。在学校里老是打瞌睡，因而成绩糟糕。忙碌的夏季里，朋友们也会过来帮忙。生活简单而快乐。

日子就这样飞快地过去，我也到了被称作成人的年纪。

想要试着一个人生活。高中毕业后，母亲关掉餐厅，我趁机来到东京。

于是找到了在东京的大溪地餐厅工作的机会。

餐厅的名字叫“虹”，周围是空荡荡的住宅区，也不怎么靠近任何一个车站。

据说土地是老板自己的，所以很奢侈地在空地上建了一栋两层的楼房。招牌上的字很小，上面还画了一道彩虹，一眼看上去还以为是民宅，到了里面却又别有一番天地。

走进玄关，有一个 Waiting Bar，空间很大，傍晚专门到 Bar 来喝酒的客人也很多。这里有许多热带鸡尾酒，也有品种丰富的法国葡萄酒，还可以喝到生啤。

料理方面，店里特地请来大溪地当地的大厨，自己的厨师也专门送到总店培训。为了保证料理的品质，每天都用从市场上现时采购的新鲜活鱼，做成在其他地方吃不到的正宗传统料理：用野山芋的叶子清蒸鲯鳅[①]，新鲜的虾入料做成清淡的咖喱，生的金枪鱼冷冻后蘸着橙汁和椰子汁吃。当然也有类似炸薯条一类的小食品，或者欧洲风味的炸水果干。甜点的品种也十分丰富。

店里有时会请当地的歌舞团前来演出，还开设料理教室，做一些文化交流。

菜单上既有价格昂贵的菜，也有相对便宜的，所以“虹”不仅面向那些对味道挑剔的客人，附近的普通百姓也经常光顾。来本地考察的大溪地政府官员、音乐界人士、想学习大溪地舞蹈的人、以前曾经在大溪地住过的人，都会到我们餐厅来。

---

① 俗名万鱼、飞乌虎，最大的体长210厘米，广泛分布于各大海洋的热带和亚热带海域。

老板另当别论，此外还有一位五十多岁的男店长，他和老板从住在大溪地时就认识了，是我的直属上司。这是个通情达理、做事认真、关爱妻子、品德优良的传统型大叔，他总是待在店里，把所有的事情都处理得周到妥帖。我很尊敬他。

“虹”的老板并不是为了开餐厅而到大溪地学习的。他二十多岁时在大溪地生活过，那时就常去当地的这家餐厅。出于兴趣而去那里工作，和店里的人也相处得十分融洽，因而产生了自己开店的念头。也是在那个时候认识了现在的店长。我之所以选择在这里工作，最重要的理由也就是因为这种自然的关系。

还在乡下老家时，曾在杂志上读到过这家餐厅老板的专访。

照片上的老板很年轻，表情看上去快乐且充满活力。记得专访的主题是如何解压，他的回答一点都不刻意，话语中能够感受到安静的幸福：“觉得累时就去大溪地，和朋友们见见面、游游泳，心想如果把这里的氛围，即使只有一点儿，能带到东京来该多好，于是开了这家店。”

杂志上还登了餐厅的照片。有大大的窗户和天窗，空间看起来很宽敞。桌子放得不多，用很结实的木料做成，阳台上撑着厚布做的太阳伞，店里到处都是花草树木，看起来打理得很水润。

我到东京玩的时候来这家店吃过好几次饭，越来越觉得它和东京其他地方截然不同。我喜欢这样自然而缓慢地度过时光。

总是无法理解那些和时间唱反调的慌乱的都市人，做事讲究目的，任何东西都是有偿的。最开始的时候觉得大概是因为土地价格太高，人心才会变成那样——典型的乡下人的看法。

总以为东京人难以捉摸，可能是因为以前接待过东京来的观光客，而且外婆和妈妈的看法也一样。家里人都说，东京人总爱把事情复杂化，追求过多的快乐，违背自然规律，把金钱看得太重。观光客的故事每天都在我们小店里上演。

在城里，人们貌似亲切，但即便只是起身为你拿样东西，都是为了自己的利益而做的。

至少在乡下，无论你花多少钱都不能把冰冷的海水变暖，冷夏时客人会减少也是没办法的事。

比如，为了吸引观光客而花钱建造新的设施，在那里工作的人只是为了收回投资，不知道爱的力量，这些设施不久就破败了。假如没有足够的能够对抗景色的力量，那么土地的力量就会吞噬一切。据我观察，其实并不是人把它们搞破败的。即使最初非常热闹，但客人们渐渐不愿意再来。土地大概是对这些不适合自己的建筑生气了，发出不讨人喜欢的光线来。不过，如果这时出现一个有力量的人，往往会发生奇迹。这些设施就像只是碰到了一场坏天气或什么事故，可以很快渡过难关。

其实人们所做的事情和原始时代没什么分别，同样的事情在不断发生，我总是这样想。

人们最初住在这片土地上时，总是一心侍奉土地神灵，希望和神灵和平共处。人们一起努力灌溉土地，而土地也给予回报，更加肥沃。土地和人类的力量缺一不可，即使到了现代也仍然如此。规模扩大了，我们无法预见百年以后的结局，但我们正在做的事情和结局都和以前没什么区别。

不断看到新的建筑出现。旧的建筑被拆掉，露出废墟，然后重回土地原先的样子，接着建造新的建筑，这样周而复始。所以观光地的景色也是一样，过去的样子不断重演，不可思议却又生机盎然。

外婆和妈妈都一直这样教育我，在这个世上，别索取太多，努力按照自己想要的生活方式活着，依靠大自然认真地过好每一天，有时节约，有时玩耍，最重要的是每一分钟都过得开心自在。

外公和外婆一起创建了餐厅，妈妈在餐厅里帮忙，这样认识了爸爸，于是，身为厨师的爸爸也加入了……最后妈妈继承了这间餐厅。在海边，我们的餐厅并不特别有名，却也有了近五十年的历史。

有人说看到外婆的脸就觉得安心，有人喜欢妈妈煮的鱼，有人喜欢吃我们的套餐，也有人说是为了这家的女儿，也就是我而来的。虽然是个破旧的店，却有着清爽而且怀旧的气氛，来观光的客人经常带着家人一起来，并说已经养成了习惯，还有年轻的夫妇因为非常喜欢已故的外公而来的。层层薄薄的情谊就这样重叠起来，我们的店慢慢地成了一家人情味浓郁的餐厅。

在海边长大的我，一有烦恼就爱跑到海边发呆。到了东京，或许因为在这家店打工的关系，尽管离开了大海，倒也没有想象中难熬。

质朴如我来到东京，从没有对“虹”感到失望过。一开始觉得是不是进货量太少了，有点小气，这样孩子气的疑问后来在看到账簿和来往的客人后释怀了。这是东京，和乡下不一样。然而即便店的规模比外婆和妈妈的餐厅大，可老板对店的热爱、对服务的细致追求都和老家的餐厅一模一样。

这里发生了很多事情，可即使碰到严重的问

题，大家也是一起商量着解决，对我来说，“虹”就像一所学校，一同工作的同事就是一起在学校上课的同学。在开放、干净且通风良好的环境中，无论工作多忙，都能安心做好自己分内的事。

晚上，月光从天窗倾泻下来，我们在阳台点上蜡烛，店堂里变得明亮起来，非常漂亮。晚风轻轻吹来，偶尔会有错觉，仿佛并非身在喧嚣的都市。

每天到了这个时候，我就会莫名地感动，小声对自己说：“这里真好。”

晴朗的日子清澈透亮，下雨时细流涓涓，阴天平静安谧，点灯后却又纷纷发出可爱柔和的光芒，就好像夜空中闪闪发亮的星星。

原本就在老家的餐厅帮忙，所以很快习惯了这里的工作，几年后成为一名优秀的领班。很多人因为各种各样的事情离开，我却一直留了下来。

我二十二岁时，外婆因脑溢血去世了，妈妈开始一个人生活。一年前，妈妈心脏病发作，突然离开了我。

外婆去世后，妈妈把店关掉，一个人的自由时间多起来，还经人介绍认识了新男友，据说正准备结婚。

最后的那段日子，妈妈仿佛又回到了青春年代，皮肤光滑柔亮，还变得爱漂亮了，让我从东京给她买衣服。看到她终于卸下肩上的担子，开始享受生活，我也从心里感到快乐。

最痛苦的时刻并不是看到躺在棺材里的妈妈的那一刻，而是在没有妈妈的房间里，看到那套针织衫和裙子的瞬间。那是不久前的一个午后，我在百货商店里给她打电话："要紫色还是黑色?""条纹的好还是单色的好?"这样边开玩笑边给她买下了这套衣服。

在那个午后的百货商店，我全然不知道自己有多幸福。

"好啰唆啊，怎么可能有和你想象中一模一样的东西？放心啦，我会帮你选相近的，挂了啊。"

这样说笑着挂了电话，又是多么奢侈的一件事。当看到妈妈房间里的那件针织衫时，我的胸口绞成一团，透不过气来。

走近后，可以闻到残留在针织衫上的廉价香水的味道。

带给我们欢笑、喜悦和感谢的这件针织衫，现在就像失去了主人的狗一样，显得孤独寂寞。

“我肯定不会再像当初那样笑了，也再没有人可依靠、可信赖、可以这样地打电话。我没有亲人了。”

我似乎是在下决心，又好像是在想别人的事。

可留给我的欢笑回忆还有这么多。可能现在很伤感，但伤心会慢慢地发酵离开。那可爱的百货商店场景现在带给我的是痛苦回忆，但有一天会散发出珍珠般宝贵的光芒。这一刻，我终于流下了眼泪。

可这会是什么时候呢？这一天会到来吗？也许它永远都不存在。

那时，店员微笑着把针织衫包起来："您妈妈一定会喜欢这个图案的。"

用漂亮的蝴蝶结点缀的礼物，绝不是物质上的意义。被这样奢侈地包起来的是人的心意，是希望这一刻永远都不要结束的期望。

我把脸埋进针织衫里，哭出声来。

可能这样说有点自吹自擂，我是个优秀的领班和好厨师。可是，妈妈去世以后，支撑我在东京努力工作的弦终于绷断了。

自己也知道渐渐失去了活力，晚上怎么也睡不着，终于在店里晕倒了，连着三次。因为空腹站着工作，突然就失去意识倒下了。

第一次被送进医院打点滴，诊断是过度疲劳，我自己知道是精神上的问题。正干劲十足地忙着，突然眼前一黑，什么也看不到了。自己也有些不安，医生让我休假，开了药，并开始接受心理辅导。

店长和老板商量，问我是否愿意到新开的餐饮外包公司去工作。

这是老板太太在做的新生意，为一些派对和会议等提供法式的大溪地料理或是地中海饮品等。当然并不是推荐我去送外卖，而是在公司里做一些事务性的工作，比如登记日程安排什么的。这应该算是晋升吧。

店长大概觉得我希望摆脱体力和神经都疲惫不堪的领班工作，所以推荐我去做一些事务工作。

可是，我还是喜欢站在店里工作。虽然并不是个热情的店员，却喜欢看到不同的人来光顾，也已经有了很多亲切的老顾客。

我老老实实地回复店长："如果可以的话，希望不去那里。"因为自己的认真和顽固，也曾在工作上给店长提过意见，但为了自己的事情开口还是第一次，冷汗都冒了出来。但是无论怎样都要说出来，我握紧双手，声音细微，语气像是在背诵："对不起，辜负了您的好意。但是以我目前所掌握的技能，完全不能胜任在公司的事务工作，而且我对这份工作也没有兴趣。如果硬是让我去那里的话，那么，我大概只好辞职了。”

这样说出了口。尽管许多往事历历在目，我却用几乎生硬的语调说了出来。为什么自己的个性是这样的？这一刻我觉得很懊悔。

有那么多可以说的，比如现在的工作中的快乐、对店长的感谢、对餐厅的热爱等等，我为什么不能说这些呢？

店长愣住了，我却因为最终说出口而松了一口气，等在那里。

几天后，店长又来找我：“我和老板又商量了一下。如果是这样的话，我们取消上次所说的公司的事情。本来是不应该答应你的无理要求的，但看在你一向都努力工作的分上，我和老板也都能理解你的心情。另外，如果你喜欢动物的话，老板家养的宠物需要人照顾，或者你愿意去做一些家政方面的工作？”

我做了许多心理准备，却完全没料到事情有了这样的转变。

据说老板的太太怀孕了，而在他家做了很长时间的保姆又突然辞职不干，虽说介绍了新的人过来，但那个人的孙子刚出世，她要到国外去探望，请了一段时间的假。所以希望我可以短时间内到他家去照料一下。

妈妈留了一笔钱给我，我自己也有一些积蓄，只要让身体和心灵同时得到休息，一个月后再重返工作岗位是完全没问题的。但问题是，时间再长的话，店里可能会找到新的领班，这就麻烦了。

我在心里快速合计了一下。

如果到老板家里帮忙，老板和他太太一定高兴，同时能报答店长的关照，身体也不会因为休息而变笨重。要是想回到店里工作，他们也只能接受我。而且我也喜欢动物，做家务又拿手，看起来是一举多得。

“我很乐意去。”每周五天，打扫卫生并照顾宠物，修剪花园和买东西等杂事也要做。等到新的保姆来之后，我希望可以回店里去上班，我这样向店长要求，他同意了。

我，一定要努力工作，早点回到店里，这样想着，似乎微笑重新回到了脑海，开始期盼家庭保姆的工作。

※

周围发生的一切到底是怎么回事，自己又是怎么想的，我一个礼拜前到莫雷阿岛的海边小屋后才慢慢开始理解。

自己也对这种迟钝感到惊讶。

在此之前，每天想的东西都不一样，思绪混乱，仿佛身处狂风暴雨中，辨不清方向。

以前我的朋友和亲人们常说：“你真的很迟钝，

很多事情总是最后一个才知道。”原来这话是真的。我总是关注于事态如何发展，而顾不得了解自己的想法，往往需要花很长时间才能得出结论。

从日本出发，经过长时间的空中旅行，最后换坐国内小飞机到达莫雷阿岛的小机场。或许是因为身心疲惫，或许是为即将到来的假期而欢欣雀跃，或许是因为想到那些烦恼的事情而不知所措，我居然觉得茫然。

尽管沐浴在南国温暖的阳光下，却什么感觉也没有。

像这样的事情简直令人无法相信。以前即便再累，肩膀变得像石头一样硬，小腿肿得发痛的时候，只要回到家乡的海边，站在岸堤上沐浴阳光，就觉得自己像被充了电一般活过来。而现在，似乎被困在了一个小箱子里，看到的世界无论是美丽的、汹涌的，还是明亮的，都距离遥远。

机场里居然有很多小鸡和小鸟欢叫着悠然蹦

跳。我买了一杯叫不出名字的冰冻饮料，坐在硬板凳上喝。那甜甜的冰凉的饮料通过喉咙到达胃部时，第一次感觉到了南国阳光的一点点温暖。

仔细一看，这里无论什么东西都生长茂盛。无论植物还是人，都把根深深扎进土壤。耳边响起了夏威夷四弦琴的声音，我到了南国！这音乐和冰冻饮料一起唤醒了我的身体，然后慢慢将体内不需要的阻力一点点拔走。

来接机的巴士终于把我带到了海边小屋，破破烂烂的样子和家乡倒有几分相似，安心地住了下来。

登记后倒头就睡，醒来已是黄昏，随兴走到海边大堤上看日落。

穿上高中时代旧旧的太阳裙，哼着小调，从沙滩的这一头走到那一头，看着太阳渐渐落下。大海，好久不见！

即使沙子绊住了脚，让人难以前行，因为身边有大海的陪伴，仍是心平气和。

海浪就这样静悄悄地来来回回。云层太厚，空气不太透明。夕阳缓缓地布满了整个天空，在云层中发出橘色的光芒，渐渐沉入大海。

风也开始变得有些凉，除了西方那一抹橘色，天空变得暗沉下来。

开始听到有人在准备晚餐、摆桌椅、起锅炒菜、打开啤酒喝的声音。

孩子们淋浴时的欢笑声也传过来。前台旁的餐厅正处在营业前最忙碌的时刻，厨房在准备晚餐所用的材料，服务生们在布置桌椅，大家忙成一团。

真好，看到这一切，我不由自主地感慨。要是我也在那里……

然后，我突然清晰地看到了一直支撑着自己的信念，这是我的亲人教给我的。要在这个世界上生存下去，就要淡泊地工作，去掉浮夸之心，不卷入是非，脚踏实地地向前走，从大自然中获得力量，每天幸福地生活，记住那些快乐的回忆……不知从什么时候开始，我似乎忘记了这些，把那些柔软的内心的东西，遗忘在了某个角落。

当失去了电话那头妈妈的声音后，我开始自我封闭，拒绝依赖任何东西，把自己变成一块硬石，固执地等待时间的流逝。即使被卷入什么事情，也不再去看到底发生了什么。

或许有一天我会用奇怪的方式跟一直关照我的店长和同事告别，再也回不到从前。

为了不给每天费尽心机关心我、当我倒下时急得反复喊我的名字、把我送进医院的同事们添麻烦，我一声不吭地离开了。回想起来，之后的事情就像这海水般越漂越远，渐渐失去了方向。

仿佛有一股脱离现实世界的巨大的自然力量把我托到高处，我从那里看到了渺小的自己，耳边听到了心底的愿望。

远处西方天边的彩霞，像块布一般摇曳着的大海，吹过耳畔的微风，一切都在运动，却又如此安静。

我想比任何人都辛勤地劳动，即使双腿硬得变成一根棍儿，也要和同事们笑呵呵地去喝酒："今天真高兴!"第二天早晨醒来，觉得又一个我获得新生。

这个念头渐渐充满我的内心，好像那温暖的波浪一般。

喜欢那家餐厅，喜欢在店里工作，又或是不喜欢，对我来说都不是问题。站在那儿接待客人，这才是我的天职。

黄昏时分大家在一起摆弄餐具的声音，听起来是那样令人感伤。

"真想早点回到店里。"

不由得叫出了声，连声音都是伤感的。

这个时候，其实身体已经很累了。但只要听到大家在一起说说笑笑，比如昨天约会的详情啦，谁和谁好上啦，店长和他太太吵架啦，又或者对着老是迟到的家伙发一顿脾气，疲劳就这样不翼而飞。一切都要靠我，仔细地擦玻璃杯，叠餐巾，让伙计去仓库取饮料，和熟客随意地聊聊。每天事情都差不多，但总觉得温暖。店里突然忙起来的时候，可以让大家见识一下我的能耐。要是有了空闲，就做一些整理的工作。有时品尝一下厨师新开发的菜，有时去喝一杯，听听大家的烦恼，然后你送我、我送你，互道晚安，累了一天后总是睡得特别香。到第二天中午起床，边看电视边给自己泡上一杯咖啡，想想今天晚上是谁预订了位子，有没有团队客户，谁比较适合接待工作，哪个侍应生还要再带带，今天有人要离开等等。身体随着大脑开始运转，逐渐进入自己的角色。我的幸福就在这些平凡的细节中。

波浪声在耳边回响着，小鸟飞越天空回家去。

这一刻的我，有时乐观，有时悲观，思绪就像这波浪一样混乱。但是，我的人生中想要做的事情，就是在这家餐厅工作，这是早就决定了的。虽然出了点状况，但事情总会解决，旅行和大海的力量让我这样想。

回头一看，餐厅的侍应生已经铺上桌布，摆上餐具和餐前面包。

他们快速地工作着，山那头的夜晚复苏了。

我这才从自己的思绪中跳脱出来，这个徘徊在餐厅里的幽灵终于可以考虑自己的晚餐吃什么了。看来还是那些侍应生们帮了我的忙。

他们和我是同样的人吧，无论在世界的哪个角落。

在莫雷阿，晚上我总是走到餐厅去吃饭，而白天则自己在厨房弄东西吃。可那天晚上，我租了一辆车到附近的超市买点东西，不知不觉过了晚饭时间，肚子又很饿，于是走进了超市附近的餐厅。

停好车，突然发现餐厅前有一家小小的珠宝店，因为灯光而发出耀眼的光芒。

不知怎么就走了进去，开始浏览起来。有很多不同形状、不同颜色的珍珠躺在那里，它们被贝壳包裹着，是大海孕育的女儿，是从贝壳的肉里挖出来的美丽灵魂。

在来的飞机上，空中小姐都戴着黑色的珍珠耳环，在她们略黑的肤色映衬下显得尤为美丽。我也曾经想过，如果经过这次旅行，自己的肤色晒成小麦色，就买个黑色的珍珠戴戴。可当看着这些耳环时，心里却不舒服了。

怎么了？为什么看着这些滑润夺目的珍珠会觉得不舒服？我侧着脑袋思索。

我总是这样，每当察觉到自己的情感时，会先有不舒服的印象，然后才变成大脑中清楚的影像。总认为这并不表示我迟钝，而恰恰证明了我纯洁！先让自己沉睡，直到震动的声音把我吵醒为止，这个时候浮现出来的东西对我来说是最真实的。

珍珠被做成不同的首饰，摆放在白布上。

突然想起某人的胸口。总是穿着深V领的针织衫，露出雪白的锁骨，那里点缀着一条金色的细链和一颗大大的黑色珍珠。

哦，原来老板娘经常戴的项链吊坠是一颗黑珍珠！一定是老板买给她的，又大又黑又亮的黑珍珠。让我有如此不舒服的感觉，间接证明了我和老板娘的关系并不融洽，我这样以为。这一瞬间，突然明白了自己有多讨厌这个女人，又有多嫉妒这个女人。

我深深地陷入沉思。

怎么能因为这种事情而讨厌漂亮的珍珠呢？于是买了一对那种不是特别圆的珍珠耳环，立刻在镜子前戴起来。只要继续在这个岛上待几天，晒一晒，我的肤色也一定会更衬这对耳环的！这样想着，对黑色珍珠的不良印象就像长了翅膀的蝴蝶一样飞出店，消失在夜色里。

※

第一次经人介绍认识老板的太太时，我就觉得她是个没有人情味的人，和我完全不同类型，我们应该一辈子都不可能互相喜欢，当时我就这样想。

表面看起来，老板娘是个有些神经质的美女，年龄大致超过三十五岁，品位高雅，穿着时髦，言谈举止干脆麻利，给人的印象似乎是个情感丰富的人。

可是在我的想象中，能够建立起我们餐厅的老板太太难道不应该是个更朴素、更自然、更有力量的人吗？这个美丽的妇人、时髦的家具装潢以及有钱人的样子，都让我感觉有些失望。

嗯，诚然。我很快坦然接受。既然拥有那样出色的餐厅，老板自然应该住在符合他身份的地方，我怎么会以为他住在朴素自然的地方呢？他已经不再是那个在大溪地生活的嬉皮青年，我的想法真是太天真可笑了。

老板娘笑着和我说话，却一点都没有敞开心灵接受我的意思。“我对你毫无兴趣。”她的脸上无疑写着这样的字句。虽然身为侍应生早就习惯了这种态度，可在老板家里受到这样的待遇，还是觉得有些伤心。

老板娘非常热爱工作，她总是匆匆忙忙地打电话，外出和客户见面商谈，记笔记，或者叫来会计师和税务师，所有的事情都亲力亲为，极为认真。一个人对着电话的那头自言自语，有时向着对方鞠躬，鼻头都冒出汗来。

我开始工作以后就禁不住想，她应该不喜欢动物吧。她有时也会抱抱小狗小猫什么的，可是她的眼里完全没有它们的存在。动物和我一样，对她而言，只是风景而已。

在店里接待过上千人的我，马上就洞察了这一切。

老板娘并不是个坏人，她只是生来感情比较淡薄。她头脑敏捷，所以做什么事情都匆匆忙忙。假如她来做领班，周围的人一定连喘气的时间都没有。

不过，因为有和这种类型的人一起工作的经验，我又不用去她的公司工作，每次见面的时候她也总是笑嘻嘻的，因此我的日子很轻松。

但多少总会琢磨一些事情。

比如，看到花园的时候就有这样的感觉。

这是个没有受到精心呵护的花园。表面看起来很整齐，其实已经有树枝枯萎，土壤开始干涸，散发出悲凉的气息。它曾经受到过多好的照顾呀。

猫咪和狗狗也说着同样的话。

西施犬很瘦，表面看不见的地方已经开始有皮肤病。有着漂亮被毛的猫咪，大概是波斯猫和什么的杂交，总是惊恐的样子，毛的光泽感很差。尽管我只是个打工的，可看到没有受到家人关心的小动物，心里还是不忍。想到就是为了它们才雇用的我，开始费尽心思照顾它们。

老板娘对钱管得很严，我又不想和她多交涉，竟像个傻子似的自己掏钱带狗狗到医院看病，偷偷给它涂药膏。在车子里，狗狗紧紧贴着我，摸摸它的头就闭上眼睛睡觉了。到了医院也不吵不闹，回去的路上更是坐到我的膝盖上，舔着我的手，害得我差点连车都开不了。猫咪也是，每天抱着它、抚摸它，慢慢地它就会在我的脚跟旁转来转去，再也不逃到沙发或桌子底下藏起来了。

这样过了一个礼拜，当我第一次放它们出去玩时，两个小家伙都在我身边玩闹，一刻也不愿离开。

尽管装出一副为了工作而冷漠的表情，可动物似乎明白我的心。它们越来越依赖我，我也越来越爱它们。

我还没有见过老板、也就是这家的主人，当然，以前在店里工作时曾见过几回。他总是柔声细语地和员工说话，每当有新进员工或者有人辞职时，也一定会来打招呼。皮肤晒得黑黑的，外表整洁干净，一副怡然自得的样子，一点也看不出已经成家了。

等到了他家里打工，我立刻明白了老板为什么看起来不像个有家室的人。如果他住在这个家的话，我也不会落到那个境地了。

这种敏锐的观察力，也是在店里工作后逐渐形成的。

我在其他方面是个什么也干不了的迟钝的人，所以总会花很长时间来观察人，时间长了，就比其他人更容易看清一个人。

从外表看不出人的内心，但如果仔细看，能从他的待人接物、甚至吃东西的样子方面了解一二。这和我个性内向有关，不过并不仅仅是这样，内心的沉静让我的眼睛更清晰。

老板和他太太的家，我每天都认真打扫，表面看起来干净整洁，可家里似乎并没有人居住，死气沉沉的。

可能有钱人就是这样吧。我每天呵护着两只动物，淡淡地收拾。无论家里有多么干净漂亮，动物们跑来跑去嬉闹，家的支柱并不在那里。

每当在那个家的厨房，我就会想起外婆和妈妈。

我的家破破旧旧，海风从屋子的缝隙钻进来，地板上总是覆着一层沙土，可只要是妈妈的手碰过的地方，就像被施了魔法一样，能映出妈妈的影子。

就连垫在色拉油下的广告纸，也能从其折法看出妈妈的样子，妈妈把酱油从大瓶移到小瓶的手法、看报纸时的背影都和外婆一模一样。我总是想象，外婆做事情的样子也一定和妈妈一模一样。

女人的模样就这样和家里的东西重叠在一起，无论是谁，即使在粗暴的家庭中长大，只要女人或是母亲爱着这个家，总会在这里留下影子。

并不是老板娘这个女人有问题，只是住在这里的人没有“我们以后也要一直住在这里”的想法。就好像小鸟的窝，即使再脏再乱，也是温暖快乐的家。在这里，一点也体会不到这种感觉。

在这个宽敞的、似乎没有人居住的废墟一样的家里，我一个人的时候会更思念外婆和妈妈。这里真寂寞呀，妈妈。仿佛是个孤儿的家，总在等着谁的到来，在这样寂寞的家里，人也变得越发寂寞起来。

※

我和山中太太、也就是之前在这家做保姆的中年妇女因为工作交接见了一面。

感觉她像是个音乐老师，明快高雅，戴副眼镜，化着妆，说话清脆利落。

山中太太把家里的一切仔细解释给我听，我努力做着笔记。

说明实在是太详细了，我费劲全力才能记下，完全没有时间问她为什么不做了。不过，山中太太非常出色地管理着这个家，是个优秀的人才，这一点显露无遗。她将一切都管理得井井有条，却又不留下丝毫自己的影子，非常专业。

“那我就先告辞了。”

“我出门的话，门也是由我来关吗?”

因为我要去遛狗，故意不好好看着她的脸，随意地问了一句。山中太太沉默了一会儿，盯着我。

“自从你来了以后，花园茂盛多了，满眼都是绿色呢！”

她这么说。

“这是我的工作。我也喜欢劳动。”

我淡淡地回答。

“听说你是因为心理疾病，为了康复治疗来这里的？”

山中太太问。看吧，终于问出口了。当看到她满怀好奇的双眼时，我就预感她会这么问。

“不是，因为工作太累晕倒了。店长和老板商量让我休息一段时间，可是不工作就没有收入，所以介绍我来这里打打工。”

“原来是这样。不过累倒也有心理上的原因吧。”

山中太太像要看穿我似的，冒出这样一句。真讨厌，可我只能装出一副笑脸，等待这段对话的结束。

“那么，你不久就会回店里？”

“是的。”

“那就好。”

山中太太突然露出了笑容。

“嗯？”我觉得有些奇怪。

对话似乎开始朝着别的方向发展。

“我可能不该说这些。不过既然这不是你的本职工作，那么我们就不算是一般意义上的交接工作。这些话你听过就算了。好像这家的太太想借着怀孕的机会，把狗和猫都处理掉。其实她本来就不喜欢动物，因为先生喜欢，只能养着。虽然先生反对她的主意，可是他平常工作忙，不大来这里，太太就瞒着先生，打算偷偷送走它们，而且还要卖给宠物店。这是不久前我听到她在打电话时说的。”

听山中太太这么一说，我的脸上立刻失去笑容。她一定看到了。

“你很喜欢动物吧，所以我才觉得应该告诉你一声。你知道了的话，即使要卖掉它们，也能给它们找个好归宿吧。这话只能跟你说说罢了，其实我很讨厌这家的太太。”

她突然这样一说，我吓了一跳，不由得问道：“这样说不好吧。”

“没关系，反正我已经辞职了，这是我的真心话。”

这样说着，山中太太放下行李，开始烧水。

“我也在很多家做过，心里很明白的，这个家今后有得闹了。假如你要长期在这里做，我就应该给你忠告，既然不是，就千万别介入太深。你喜欢小动物的话，就帮它们找个好人家吧。”

“原来是这样。”

“你也知道，现在太太忙于工作，也不大在家。我一直都不太明白，直到有一次，有个自称秘书的男的来了以后，才恍然大悟了。他们一定有一腿！你看，他们不是一起开公司了吗？所以太太才那么投入工作，女人在恋爱是看得出来的。因此她才想处理掉狗啊猫什么的，希望多点自由时间吧。在这样的时刻出生的孩子还真是可怜。”

这样说着，山中太太给我沏了一杯茶，是好喝的日本茶。

我突然意识到，原来她是个好人。假如她仍要从事这个行当，即使工作交接也不会说出这样的话，因为自己不再做这份工作，才会说出口。正因为如此，我想她的意见是可信的。

这样一说，我想起老板娘在打电话时会说一些意味深长的话，有时手机响起来，还会跑到自己房间里听。我只做了短短一周就能感觉到，山中太太虽然没说太多，但一定看到了更多。

“茶真好喝，谢谢您。”

我说。

“我猜她肚里的孩子一定不是先生的。”

山中太太的话又让我大吃一惊。

“怎么会？您怎么知道？”

“我只是感觉。自从太太怀孕后，这两个人看起来就更奇怪了。我是个老派的人，虽然在不少有钱人家做过，却不擅长应对这种事情。所以听说女儿在老家盖了新房子后，我就决定辞职了。太太也挽留我，让我至少一周做上两天。但要是看着小宝宝出生，我一定会不忍心的。”

“那先生知道吗？”

“我想他怎么也应该觉察到一点吧。”

“这样啊……”

这个喜欢大溪地的男人，就和他的宠物一样，失去了立身的场所。

山中太太又说起来，

“我是非常喜欢孩子的。因为自己的手艺不错，大致总在有钱人家打工。每个家庭都多多少少有些问题，可是孩子们却一个个都是可爱的。无论有怎样的父母，怎样的家庭，孩子又有什么罪过呢？假如我看着这个孩子出世，一定会喜欢上他，那么今后这个家庭发生什么事情的时候，我也不能做到完全置身事外了。你也和我一样，喜欢这些动物，所以我觉得应该和你说说这些。千万别对太太透露哦。假如你找到了好人家，就装作随意的样子和太太说，有人想要一条狗或者有人很喜欢猫什么的。即使被太太知道是我说的也没关系，反正我也不做了。总归给它们找个好人家要紧。”

“谢谢您。”

“看到你这么爱护这些小东西，我还是忍不住要说啊！和我照顾孩子时的样子一模一样呢！”

“那么，再见了。”山中太太带着比刚见面时亲切许多的笑容回去了。

一定一直是这个样子，我望着她的背影想。

一件碎花衬衫，拎着手提包，脚上是半旧的皮鞋，既是谁家的阿姨，也是谁家的母亲，又或是谁家的保姆，她的背影总是如一。

只要平等地对待每一个人，即使刚见面时印象很差，也一定有其优秀的地方。时间长了，就能找到和自己共通的地方。虽然我们见面的时间很短，山中太太却教会了我这些。

我回过头，猫和狗一起在沙发上睡着，身子蜷成一团，安心地睡着了。猫咪好像在做梦，用小爪子摸着狗狗的毛，狗狗轻轻打着呼噜，睡得很香。不知怎么，我突然很想干活，收拾起要洗的杯子来。

而我的双手和胃，大概因为暖暖的茶水的关系温暖起来。

这样简单地想抛弃小狗或者小猫的念头，对于我这个一直饲养小动物的人来说，是无法理解的。可能对和丈夫以外的人有了孩子这件事情，还更容易理解些。

当然，如果仅仅把狗当作狗，猫当作猫，这也很容易想通。就好像道路就是道路，树木就是树木，牛排和活着的牛无关，心爱的器皿打碎了可以再买个新的一样。这样想的话也没错。

可如果是这样，那这个世界还有什么有趣的地方呢？观察的喜悦、发现意外的感动、工作的快乐、活着的实感不是都感受不到了吗？对我来说，所谓的快乐一定是和痛苦的情绪交替而来的。和这个世界交接的有上千个机缘，妈妈死后留下我一个人，我希望能和世界有更多的交集，这才是我活在这个世界上的证据。

真正让离开工作成为保姆在休养的我重新站起来的，是东京这个小小庭院里的自然风景，这里的猫和狗，这里的树木。

刚开始，狗狗是不能在这个家里随便乱跑的，只在散步的时候才允许出去，而猫咪也被锁在主人书房里。我每天带着狗狗散两次步，帮它们换上干净的水，于是老板娘允许我在家的时候放它们出来自由活动。这一点，她倒是挺宽容的。

“因为没有人照顾，只能把它们关起来，既然有人在，当然可以放它们出来玩。不过要是家具、地毯什么弄脏了，你要清洗干净哦。当然，其实家具什么的可以买新的，如果生命消失了，就再也回不来了。比起家具之类的，更关心动物是对的。”

山中太太离开后的第二天早上，老板娘这么对我说。

从她的眼神和说话的语气中，我可以感觉到她真是这样认为的。原来老板娘也是个有血有肉的人呢！我稍微放心了一点，对在这个家工作也有了比较乐观的态度。受到山中太太的话的影响，我还是处处留神。

即使有恶意，但人的本性是善良的。缺乏人情味或许是老板娘的个性使然，但并非对所有的事都这样，只不过她现在关心的不在这里罢了。这样将自己所有的精力都放在一件事情上，或许正是她的魅力所在？这样一想，我又乐观了许多。

照顾花园是非常快乐的工作。现在能够理解为什么人们把建设花园当作康复诊疗的一种。刚开始杂草丛生、枯枝遍布的花园，经过除草、浇水、施肥、剪枯枝、清洗打扫，渐渐地，绿色覆盖了整个花园，开始焕发出勃勃生机。

之后，花园每天都用它沉稳的绿色迎接我的到来。

每当站在花园里，就能感受到生命的力量，自己也仿佛有了支柱。看到有新芽冒出、花蕾绽放，笑容就会不自觉地回到脸上。花园用它的方式让我感受到这一切。枝蔓渐渐攀上墙头，树根在肥沃的土壤里安静地睡觉。短短一个月，这个花园发生了戏剧性的变化。

我开始这样想。

或许不是我在照顾这个花园，而是花园在照顾我。

每天来工作的时候，老板娘总是忙进忙出，匆匆忙忙打电话，准备外出，偶尔朝我这里看上一眼，无论去妇产科检查身体，还是到公司，总是她的秘书兼情人来接她。或许是这个原因吧，她走之前总是神采奕奕，恨不得早一分钟出去，还在镜子前反复检查自己的仪表。一眼就能看出每天都过得很充实，工作也非常有意义。

但是，尽管是在自己家，老板娘却一副拼命逃出去的样子，我愕然。这大概并不仅仅是她的问题，我也是一个活的生命，也曾逃离过很多东西，这大概是自己所选择的生活方式吧。

这个家里正在发生的事情，如此茂盛的生命力的繁衍，也有看不到的自由吧。

最初，我只是想："我现在是个弱者，所以把自己的感情转移到需要照顾的植物和动物身上来。"

可是，渐渐发现似乎是我弄错了。这些生物远远比我顽强，它们无视我的存在，努力生存着，反而是我弱小的生命和情感得到了它们的照料。

我开始了解它们的坚强。

狗狗和猫咪冲我扑过来的时候，已经完全忘记了曾被关起来的过去。花蕾绽放时竟也有一种暴力的美。枝叶努力向上攀爬的力量，对抗小虫的斗争力，小狗和小猫香喷喷吃饭喝水的力量，这一切压倒了所有。

每天看些什么，不看些什么，这完全是个人的喜好，并没有什么好坏之分，也不存在谁更优秀出色的问题。

只是我从它们当中得到了那么多，有时会觉得连拿工资都不好意思。生物完全释放出自己的力量，它们并不是等待被照顾的弱者。

这是它们教给我的，把我治愈的力量。

偶然发现星期一家里的样子会和往常不一样。一向都观察敏锐的我，这次却察觉得很晚。

不过真的只有微妙的差别。

不是一下子完全不一样，而是一点一点地发生变化，所以我才没有发觉。看起来似乎是不想打扰我的工作，在暗地里小心地改变着什么。

星期一狗狗和猫咪的被毛特别亮一些，它们满足地呼呼大睡，迎接我时的态度也似乎比其他时候更有礼貌。植物上的害虫不见了，树枝也经过了修剪，枯枝被剪掉，看起来挺精神的样子。

我猜在我来之前，一定也有过这样一切井井有条的时期。我突然醒悟过来，一定是老板星期天打扫过了，他也喜欢动物和植物。只要时间允许，他就会照顾它们，这是个有爱心的人。

听说最近老板因为自己太太新公司的事情忙得不得了，基本上没有休息日。大概也是因为这个原因，一时间家里才没人照顾。我猜他现在可能终于有了一点时间，可以来照顾这些动物和植物。

当看到这里也有人和我一样爱护这些生命时，莫名地觉得高兴。在这个安静的家里，即使有小狗、小猫和花草的存在，我心里还是有什么重要的东西被吸走了。

尽管连面也没见过，每周一我都觉得和老板心有灵犀，这是不需要诉诸语言的灵犀。这是我们两个人之间的神秘地图，当我看着这些生物时，知道我们会互相确认对方所看到的地方，有时竟一个人偷偷笑出声。

客厅里的酒瓶兰①树叶有些枯萎，他先剪掉了三分之一，剩下的部分我就来悄悄打理好。等到下

① 学名 Nolina recurvata，别名象腿树，属于观叶植物，原产墨西哥西北部干旱地区，现多用作室内盆栽。

个礼拜来时，树叶已经恢复了神采。藏在狗粮附近的治疗皮肤病的药，每次来的时候都有所减少，有时又有新的买来。花园的石头下面藏了很多潮虫，我想打扫却又害怕，下次来时，石头已经被转移了地方，土壤也翻修一新。有棵树上突然出现蜂巢，正苦恼，下周却不见了。仙人掌长得太快，发出的新球快垂到地面了，下次来时发现新球已经被移到小盆里，沐浴在阳光下。每当看到这些，心里就不由得觉得温暖，于是暗暗发誓，一定要早些回到店里，为老板工作。

可是新的保姆来之前，我回去工作的事情一直没有下文，时间就这样慢慢溜走。

有一天。

当我用钥匙开门的时候，发现门开着，难道老板娘今天还在？这样想着进了屋。

应该还被锁着的狗狗突然扑过来，猫咪也等在玄关处。在那里微笑着的是我的老板、这家的主人，原来他忘了带东西，特地回来取。

他是我之所以去那家餐厅工作的原因，虽然在店里曾见过面，可这样单独见面还是第一次。

我有些紧张，不好意思，却迅速观察起他来。

比在店里看到时更年轻些，这是我的第一印象。就像第一次在杂志上看到的那样微笑着，穿着普通的夏威夷花衬衫，看起来很年轻，连皮肤都非常有光泽，眼神温柔。几乎没有赘肉，臀部紧致，说三十多岁也一点都不过分。

"你辛苦了。"

他开口道。

"初次见面，老板您好。一直受到您的关照。"

我说。

"我们在店里见过好几次吧，水上瑛子小姐，身体好些了吗?"

老板用低沉浑厚的声音清楚地念出了我的全名，真开心。

"是的，好多了。对不起，让您担心了。"

我笑着回答。然后，并没有乘胜追击询问回店里的事，收拾起屋子来。

他看看我，随后也开始整理自己的东西，有时打一两个电话。两人偶尔四目相对，就笑一笑。

很久没有人这样温柔地对我笑了。在他的眼睛里，我似乎看到了自己面对花草时的平静表情。那是以温柔的心情对待事物时的眼睛，在这样的眼睛注视下，我觉得自己能够安心地工作。

收拾完毕坐到沙发上时，老板突然开口说："谢谢你带西施犬太郎去医院。它生了皮肤病，我也不能好好照顾，幸亏有你。"

他一点都没有觉得是自己太太做的，我大吃一惊。啊，原来这两人都对这个家失去信心了。我这样想。

"哦，它看起来很痒的样子，现在好了。"

"猫太郎也因为你来了，开朗很多。"

"这里的动物都叫太郎吗？"

"酒瓶兰叫爬得高。"

“啊，是这样，那我也这样叫它吧。”

我笑了。

从客厅走到花园，爬得高已经长得很高了，我和老板相互竞争的情景历历在目，两个人好像都想起了这些，不约而同地笑了。

“猫太郎已经十一岁了，脾气有些古怪，你们相处得不错哦，看它现在多黏你。”

“已经这么大了！”

我大吃一惊。看它的牙齿就知道年龄不小了，于是问过太太。“大概六岁吧。”她当时这样告诉我。

“这只猫还是在我单身时养的。有天下雨，它从窗台爬进来，湿着身子就钻进了我的被窝呢。”

“哦。”

“尾巴上还留着粪便，可臭了。前爪好像受了伤，有些化脓，把我的白色床单弄得一塌糊涂。可是太郎钻进我怀里睡着了，这样子怎能把它赶出去呢？我只好忍着和它一起睡到天亮，然后带它去了医院。后来也登了认领启事，一直都没有人来领。我想它一定是从很远的地方走来的。从来没和这么臭的东西一起睡过，几乎一分钟都没睡着。可是偶然闯进我家的猫居然这么黏着我，就一直养了下来。”

“你真幸运呢，猫太郎。”

我笑了。老板娘居然要把这只老猫卖掉吗？真可怜。老板知道她的打算吗？我也没法和他说这事，只能淡然地继续打扫房间。

以前还没有在东京开店前，老板和店长两人在大溪地的店里打工，听说他非常热心地照顾店里的每个角落，即使是一片枯叶也要擦拭干净，那个时候真开心呢！我们店长总是这样回忆。

“谢谢您。哦，对了。枇杷树还小，我把它移植到阳光充足的地方去了。等它强壮些，我再移回来，在那个地方长高了可就麻烦了。”

我说。

“哦，没关系的。等它长得足够强壮了再移植回来也不迟。我也觉得再这样下去它就枯萎了，一直想搬的。可是晚上经常回来很晚，想着明天早上再弄，就睡着了。”

“这样就好，它实在太弱了。”

“是我把吃下的枇杷核埋在土里长出来的呢。因为是个又大又甜的枇杷，吃了后很不舍得和它分别，抱着感谢的心情埋在了土里。”

老板像个孩子似的笑了。

“真的呀，真的会发芽呢！”

我也笑了。

“难道它叫枇杷太郎？”

“啊，这个还没取名。”

老板笑着说。

“时钟草也是一样，吃了鸡蛋果后想会不会发芽呢，就埋下去了。”

“啊，就是南侧栅栏边盘旋向上的植物吗？”

“是，还开了很多花，真让人吃惊。花朵漂亮，又好种，听说叶子用来泡茶可以治疗失眠。长得这样茂盛，看了真是开心。”

老板兴高采烈地讲着。

我第一次觉得自己在这里的工作有了回报，高兴起来。

即使工作得不到别人的认同，只要自己认同就让人高兴。可是假如我离开了，这些生物死去该怎么办？每次想到这些，我的胸口就痛起来。

他好像觉察到我的心思：“只要有时间，我一定会照顾好这些花草动物的。有时甚至想把这当作自己的职业，我还真的在花店工作过。”

“那就好……不过，我还能回店里工作吗？问这个问题可能有些失礼。”

“不不，一点都不失礼。当然可以。我是想让你休息好了再回来上班，不过，如果你想回来的话，我马上就可以调整。可能我太太会觉得可惜，不过我是打算让你回来的。”

“这样啊，那就谢谢了。我已经不要紧了，之前是因为妈妈的葬礼回了几次老家，可能过于疲劳了。”

可是现在这个状况，要是我离开了，这里的花园、猫和狗要不要紧呢？这个念头又出现在脑海里。老板又说：“没关系。等我忙完这阵子，就有时间照顾它们了。即使你回店里工作也没问题。”

“这样就好。”

我舒了一口气，老板笑起来。

“呵呵，你心里想什么都写在脸上呢！”

“可在店里，我被大家叫作没有表情的扑克牌脸。”

“真的都写在脸上！”

他继续笑着说。

“真奇怪……大概是您了解我吧，我们都喜欢动植物。”

我也笑起来。

这样说着，猫咪爬上老板的膝盖睡着了，老板一动不动让猫咪舒服地躺着。望着眼前的画面，我想这样的忍耐力在人前是装不出来的。

※

住在莫雷阿海边小屋的时候，门前就是一望无际的白色沙滩，只要穿着泳装就可以下海游泳。早晨经常被住在隔壁小屋的孩子们的玩水声吵醒。

起来推开窗，看到母鸡带着小鸡在院子里散步，猫咪在后面盯着它们。

冷冷的海风吹进屋里，感觉我的肺部立刻充满了这新鲜的空气。先冲个澡，把冰箱里的水果拿出来洗洗，煮上咖啡。这时，我对门的美国夫妇也起床出来了，仰望天空喝喝咖啡。我们互相问候，聊聊天气的话题，有时也会一同招呼着去吃早餐。柔和的光线总是洒满整个沙滩。

有时正在准备早餐的我也会被孩子们玩耍的声音吸引，一路走到沙滩上。

那个小屋的孩子指着海边叫着：“看，是海

鳐鱼!”

原来酒店的员工正在凉台上喂海鳐鱼。在餐厅吃饭的客人都站起身看过来。

在白色沙滩边的透明水域里，两条海鳐鱼正游来游去。

酒店员工黑色的肌肤被海水洗刷着，海鳐鱼游过来，迅速吃掉撒来的鱼饵，又很快游出去。海鸥也飞过来，那个女员工把鱼饵向空中撒去，海鸥们争相前来觅食。海鳐鱼的影子照在海底，好似空中的云朵。

如果每一天都从这么美妙的景色开始，那些罪恶的念头也许永远都不会浮上脑海。也可能因为睡过了头，我的头脑总是不那么清醒。

这个小岛上的人也会争吵吧，也会互相指责。可是，眼前的风景美丽得几乎令人产生错觉。

黑色的脚，白色的海鳐鱼，飞过高远天空的海鸥，涌上来又返回去的透明海水，在遥远的天边飘着几朵白云，光影一刻比一刻强。喂鱼的女子拎起长裙一角，露出漂亮的小腿，在水中慢慢走着，有时抬起头，手遮前额望向天空。

我打算回小屋，用昨天买的面包和罐头做一个金枪鱼三明治，味道一定和想象中一样好，即使这样小小的事情，也会让人感到快乐。

搅拌金枪鱼和色拉酱时，被猫咪撒了一泡尿的拖鞋大概已经晒干了，昨天洗的衣服可以收进来叠好。这样的日子似乎没有明天，没有将来，只有这一刻永存。

这样单纯的生活，正是我的理想。

很多回忆选在此时回来拜访，有时也会有一些小的惊喜，我喜欢这样的生活。

比如有天下午，租辆车去看海湾。

悠然地在那里看看风景，逛逛卖小提琴的店，还有别的酒店的小卖店。

爬上长长的斜坡，登上展望台，那里在卖好吃的椰子冰激淋，可以一边吃一边瞭望巴里哈伊山。

山离我如此之近，庄严肃穆地耸立在那里，深深的绿色把它包裹得严严实实。这里和海边是两种完全不同的氛围，有时会以为自己处在深山之中。我再一次为这个岛屿的自然风光感到震惊。

来到这里数日后，我彻底晒黑了。

只是每天在小屋前游一会儿泳，没想到会晒成这样。无论黑色的珍珠耳环，还是太过华丽的纱笼裙，都在肤色映衬下闪亮起来。

我并不喜欢生活在回忆里，只是有时会突然感受到回忆的价值。

从展望台来到入海口，把车停下，喝了口凉水，不知怎么突然想起了小时候的某个下午。回忆突然浮出水面，钻进我的脑海中。

很久以前，一家人曾经沿着纪州的海边开车。一个下午穿过几个海港小镇，被那里明亮而安静的氛围感动。并不是那种物理上的毫无声音的安静，而是这里好像有另外一种时间存在，自古而来，大地和大海隐藏着的雄伟的时间……

阳光投射在所有景色中，有着微妙的阴影变幻。海湾风平浪静，在午后的阳光下缓缓波动。绿色的水、绿色的山、蓝蓝的天空，一切都闪闪发光。海港是安静的，渔船和渔网给水泥堤岸添上了色彩鲜艳的影像。

沉浸在这一刻的自己，到底身在哪个时代、哪个国家，已经完全没有概念。车里流淌着轻轻的音乐，冷气的温度也恰到好处，太阳正好照在我的左手臂上，汗毛泛着金色，肌肤雪白。

坐在驾驶座上的是我的父亲，他也陶醉在这景色中。母亲在阳光下睡着了，戴着太阳镜的父亲看起来很年轻。我已经不记得他们有多大，看起来像是学生旅行结婚，又像一对相濡以沫的老夫妇。父亲开车的技术很好，转弯时的迅速准确、刹车时的缓慢自如，都是我喜欢的。在这悠扬的旋律中，我们三个人的心都似海港的水面般平静。

莫雷阿的海面自然和纪州完全不同，可这眼前雄伟的景色依然让我心旌荡漾。回忆突如其来，差点流下泪水。

在人生的旅途中，像这样小小的回忆遍地都是。原来我那永远都不会再见的父亲也在其中，想到这里不由得高兴起来。

※

那天，我和往常一样去上班，狗狗却不见了。老板娘匆匆忙忙走出来，于是向她询问。

“对不起哦，那条有皮肤病的狗对我肚子里的小宝贝不好，所以把它寄卖到朋友开的宠物店了。”

老板娘这样回答，我大吃一惊。

“是哪一间宠物店呢?”

“为什么要问这个?”

老板娘的眼里突然泛起恶意。

“只是想再和它见一面，好好告个别。”

我装作冷静地回答，心里却已经怒火朝天。

因为动物们需要照顾才让我来这里，如今却连一句商量的话都没有就送走，难道不是太过分了吗？脑海中已经冒出“我不做了！”的字眼，可万一因为这样而不能回店里继续上班，岂不是损失？冷静，冷静，再冷静，我对自己说。在这样的自我暗示下，我突然变得比鬼还冷静。

“放心吧，是一家很好的店。”

老板娘笑笑，显然，她已经不愿意和我谈论这件事情了。

“不好意思哦，你照顾了它们那么长时间。不过我已经是个高龄产妇，为了孩子，也只能放弃了。”

是啊，还是自己喜欢的男人的孩子呢！我在心里恶狠狠地诅咒着他们。还以为自己会喜欢她，如今彻底明白，我和老板娘是无法好好相处的。

至今为止，也曾经和很多合不来的人一起工作过，所以心情很快便调整回来。只是对于狗狗，却无法不思念。

猫咪在窗边的沙发上睡觉，晒在阳光下的被毛泛着光，那里却不再有狗狗的身影。

“猫咪也要送走吗？”

我问。

“是呀，它年龄也大了，等找到合适的人吧。照顾它也很麻烦，要是雇一个人还要花钱。”

老板娘这样说。

“那么，我就没有必要留在这里了吗？”

我明明白白地说。

“为什么？请别这么说。房间的打扫啊什么的，我的新公司刚成立，实在没有时间做家务。我觉得你做得很好，希望能够一直留在这里工作，已经和我老公说过了。你意下如何？比起店里，这里的工作也轻松些，继续疗养不是很不错吗？”

老板娘说道。

“这样恐怕不行吧。店里面人手也不够，而且我当初也是为了照顾动物们才来的。”

“突然辞职可不行哦，拜托了！”

老板娘爽朗地笑着出门了。在这个已经不再有小狗的家里，我的心里翻江倒海。

我知道这是犯罪，可还是忍不住打开了所有抽屉，开始调查和家里相关的宠物店的电话号码。书架、卫生间都找了，甚至垃圾箱里的废纸也掏出来，还有夫妻俩卧室床头柜的抽屉也打开了。搜集了电话后，开始一家一家地确认。

打到第十个电话时，终于找到了犬太郎，确实是接受了这里的委托在销售，现在正在给它洗澡。这家宠物店的老板和夫人是高中同学。了解了全部事情后，我开始考虑下一步的行动。

餐厅是老板开的，除了新公司是老板娘的，老板其他方面应该不受他夫人的控制，也就是说我还有可能回到店里上班。

当时我意识到自己有些奇怪。每个家庭都有自己的事情，只要高兴，想怎么做就怎么做，是他们的自由，轮不到一个保姆来说三道四。

假如这是在店里发生的事情，我或许能够忍耐。以前曾在店里养过一只鹦鹉，因为又吵又不干净，有客人来投诉，于是店长把它带回家养。虽然我很喜欢那只鹦鹉，但立刻理解了。

现在想起来，那时我的心里就对老板有了特殊的感情。长年在店里工作培养起来的信赖，在家里对他的处境表现出来的同情，对他热爱动植物的尊敬，各种复杂的情绪混在一起。虽然当时自己毫无察觉，但感情已经深深地扎根在土壤中，茁壮成长。

那天工作结束后，我立刻开车到了那家宠物店。位于世田谷区，很宽敞，住着很多小动物，看起来是个家族企业。我稍微放下了心，老板娘还不算是个太坏的人。

我来来回回地找犬太郎，却不见它的踪影。一问店员，才知道还锁在后院。

“请卖给我吧。”

我说。我住的房子没有办法养宠物，打算把它送到乡下的亲戚或朋友家去。反正要早一点让狗狗放下心来，虽然心知自己在多管闲事，为了达到目的却还能够保持冷静。

犬太郎只卖五万日元。我怎么也无法理解老板娘竟然为了区区五万日元而卖掉它。

突然想到了这样的可能性。

她是因爱生恨，所以做出让老板伤心的事情吧，卖掉他的宠物，让他痛苦，这也是一种爱情的表达方式?

我知道，这个世界上并不是所有人都和自己一样单纯。对我而言，只有喜欢或者讨厌，自己的感情不会迁怒到动物身上，贫穷有贫穷的活法，有钱有有钱的过法。

在那个家里发生的事情，包括老板在内，都是另一个世界的事，可是对不起其他在一旁的生命。怀着这样的心情，我等待着犬太郎到来。

犬太郎似乎一点都没有意识到什么。“啊，你来接我啦，怎么这么晚?”它拼命地摇着自己的尾巴，开心得都滴出了尿来，一下子扑到我膝盖上。

我从钱包里拿出五张一万日元的纸币，加上消费税，用免费赠送的绳子牵着犬太郎回家了。

空气中已经有了早春暖洋洋的味道，夜色来得非常快。在车灯的照耀下，可以看到樱花树上开满了一朵朵粉红色的花苞，正在等待绽放的那一刻。在绳子的另一头，犬太郎和往常一样兴奋。

我穿着薄薄的外套，春风轻轻地吹拂在心头。

保姆的工作一定要按程序辞掉，不能再卷入这些是是非非之中了，我仰望天空想着。星星一颗一颗亮闪闪的，月亮的形状有点像刚做好的指甲，泛着白白的光。

犬太郎和往常一样高高兴兴地走在前面，它大概不知道我因为找到它而多多少少消除了些不安吧。

陌生的街道让它比平常更兴奋，要是我能继续养它就好了，多希望它可以一直这么快乐地散步呀！在月光下，在熙攘的夜晚的街道上，因为互相喜欢而产生的安心感就这样笼罩着我们。虽然是两个连语言都不相通的生物，可那兴高采烈的情绪却骗不了任何人。犬太郎甩着毛茸茸的尾巴，小鼻子这里嗅嗅那里闻闻。

“这是我们第一次在晚上散步呢！”

我和犬太郎聊起来。

犬太郎一声不吭，睁着大大的眼睛看着我。

我带着它转了一圈，等它撒完尿，准备带回自己的车。这时，突然听到背后有人叫我。

转身，看到老板，不，用现在的职业称呼来叫的话，是先生带着一个狗笼向我这边跑过来。我大吃一惊，本能地想把犬太郎藏起来。不过四目相对，立刻明白他什么都知道了。他的眼睛告诉我“请等等”，好吧，我等着。我这样想着，在车门旁停下来。

“谢谢。”

他气喘吁吁地说。

“真的谢谢你能为犬太郎做这么多。”

“我，自作主张做了这些，真对不起。”

我答道。

“不，我也是来接它的。”

“可是……您的家……”

我说了一半停下来。“您夫人又会把它卖掉的”，这句话怎么也说不出口。

“把太郎放在这里面，我们去那边的星巴克喝一杯吧。”

“应该不能带进去吧。”

“不要紧，如果是外面的座位，只要放在这个里面就可以了。”

先生指着狗笼说。

“好。”

我跟在老板后面，朝着星巴克的绿色标志走去。犬太郎看到自己的主人来了，越发兴奋，又跳又蹦。我呢，不知道该怎么做，使劲想到底该怎么办，同时也意识到自己的轻率。

脑子像要裂开似的。

“请您看着犬太郎，我去买喝的东西，您喝什么?”

看到外面有空的位子，我问道。

“没关系，我去买吧，你喝什么?”

“不用，还是我去吧，我还是您的员工呢。”

说这样的话有点惭愧，肯定马上就会让我辞职的。我帮着把犬太郎放进狗笼，犬太郎乖乖地在笼内缩成一团，像只温顺的小猫。

“那麻烦你了，我要中杯的卡布奇诺。”

老板拿出一张一千日元的纸币。

“不用了，一直都得到您的关照，偶尔让我来请次客吧。”

我说罢，走进店里买饮料。

端着盘子走出来时，发现老板把头埋在犬太郎的身体上，在哭。

已经是个成年人，却一点也不顾忌旁边的人，就这样把自己埋在狗狗身上，像个小男孩似的微微抽泣。

我意识到自己看到了不该看的东西，一时不敢靠近。原来保姆真的像电视剧里演的那样，会看到很多不该看的事情，我真是笨，现在才知道。因为不专业，都没有意识到自己陷了进去。我马上就后悔了，直到此刻才明白山中太太的话，大概她所讲的只是她所知道的一点点罢了。

过了一会儿，老板抬起头，擦干眼泪，把犬太郎放进笼里，又变回若无其事的样子。我也端着盘子走过去。

“人很多，来晚了。”

“今天的月亮真美。”

老板这样说。

“是呀。”

我也笑着。

“犬太郎的事情，真是多谢了。”

“我也是打心眼里喜欢它，不过之所以自作主张做了这么武断的事情，因为……实在是事出突然。”

“对我来说也很突然。打电话到她办公室，才说是找到了一个好地方就出让了，我吃了一惊，很生气地问到了地址，马上赶过来。因为工作忙，经常不在家，家里何时变成太太的天下了！我什么都不知道，却发生了这么多事情！还有你的事，也很对不起。你并不是我们的保姆，而是我店里的员工，我一定会负责把你调回店里工作的，我太太说过的话请忘记。”

“哦……我的事情再说好了，犬太郎还要回那个家吗?”

我脱口而出。可能看到过他的眼泪、睡觉的床、用过的牙刷，共同拥有花园，价值观相似，让我能够在老板面前自然地说出想说的话。

“你，没办法养它吗?”

“我家里是不能养宠物的。我原本想问问老家的亲戚，还有前一阵子刚死了一条老狗的旧友。”

“那我养在公司里吧。偶尔带到餐厅后面去玩玩，现在一下子就让它变成流浪狗实在太可怜了，我会想办法的。无论如何它是我的狗，因为不常在家而不能好好照顾它是我的责任。你来了以后我更依赖你了，是我不对。先把钱还给你吧。”

老板把手伸进兜里。

“不用了。是我自己想这么做的。”

“可我一定要还给你的。”

他很认真地说，然后加上消费税把钱还给了我。虽然失去犬太郎挺难受的，可自己也不能养着它，这对它来说是件好事，很快就释然了。只是原本以为今天可以把它带回家的，那股兴奋劲儿一下消失了。

想着这些事情，我和老板沉默下来。

假如这个时候，老板把事情挑明，缠着我说些卿卿我我的话，可能我会立刻讨厌他，我很确信这一点。

然而，除了事务以外的话，他一句都没有多说。我，很感激他。

人来人往，店里热闹起来。确认点单的声音很大，旁边的位子也坐了人，我们的肩膀都要靠在一起了。

可是此刻，我很幸福。

犬太郎在某个不知道的寂寞的地方等着我——知道可以不再做这样的噩梦真是太好了。

白天只要一想起这些，我就坐立不安，这样的画面反复出现在脑海里。

自己这样担心别人家的狗似乎有些不可思议，可是我一直这样尽心地照顾它，和它一起跟皮肤病作斗争，我们相处得多好呀。

在冬天午后的暖炉前，当我昏昏欲睡时，旁边会出现它的身影，靠着我流着口水，同样昏昏欲睡，我们就是这样的好朋友。

“老板，请一定要让我回店里上班。”

我一口气喝完美式咖啡，把话说出了口。

“今天，您夫人让我作为保姆继续在家里干一段时间，但是我已经没办法继续做下去了。”

“我明白，连我也做不下去了呢，总觉得。”

老板好像开玩笑似的说，可我们没有笑，也没有继续问或听，就这样又沉默了。犬太郎已经完全睡着。

可是这样的沉默并没有让人感到不舒服，相反，似乎空气中那叫作时间的粒子开始闪烁起迷人的光芒，吸入这奇怪的空气后，我的肺里似乎也充满了这美丽的东西，就是这样味道醇厚的沉默。

“难道不能让我回店里吗?”

我又问。

“啊，对不起，我还没有回答你。当然，上次也说过，请不要介意我太太说了些什么。我一定会让你回店里的，而且是请求你回来。我和店长经常谈论你，你是个非常优秀的员工，店里现在也缺少人手，我不会让我太太说三道四的，请放心。”

“我会写好辞职信，是不是不再需要到您家里去了？我也知道自己像个小孩一样任性，可是既然已经不需要照顾动物们，也就没有工作的必要了。我希望可以快点回到原先的工作岗位。”

我说。

“是的，本来就该这样，我很开心你能把店里的工作当成自己的本职。今天的事情不会对我太太说的。因为你在，她省力很多，才会说出那样的话。我会安排你回来，就说店里突然缺少人手，你放心吧。因为太太拼命经营自己的公司，花了不少钱，现在店里的经营也面临困难，似乎偏离了我当初的方向，正在考虑和她的公司分开独立经营。可能餐厅又会从小规模开始从头做起，希望到那时你也能留在我们店里。”

“谢谢您。”

“不管怎么说，都是因为我这方面的原因让你辞职的，这个月的薪水还是照常支付。不过，如果突然去上班的话会让店长很为难，再说你也需要一段时间休息一下，回店里的工作从下个月开始吧。这样就有时间来通融一些事情了。”

“好的，真的谢谢您。我会按照您的要求努力工作的。”

我说。

“另外还有一件事要麻烦你。”

沉默了一会儿，老板突然下定决心似的说。

“什么事?”

“可以替我照看猫咪一段时间吗?”

“可是我家里是不能饲养宠物的。”

我说。

“我知道，所以才请求你。对不起。那已经是一只老猫，再给它换个环境太可怜了。即使想继续饲养，要说服我太太也需要一段时间，这样就得把它送到宠物酒店了。对动物来说，看到主人为了饲养自己的事情而吵架是最痛苦的事情，无论怎么掩饰，它都会感觉到的。我想，与其这样，还不如让你来照料它更好。”

“您不是想撒手不管吧?”

“我们已经在一起十年了，比起我的餐厅，这些动物更像是我精神上的支柱，是我的恩人，我从来没想过抛弃它们。如果做出这种事来，我相信会

有恶报的。而在这个世界上，能够理解我对猫太郎的感情的，大概只有你了。现在我家里发生了很多复杂的事情，让所有事情都踏上正确的轨道，我需要一点时间。不过，请别把我的请求当作上司的命令。如果实在不行，我就把它养在公司我的房间里，不会很长时间的。我是把你看作心疼猫太郎的人，因为它对我实在太重要了。”

“好的，我知道了。”我说，“房东是我的同乡，我想只要好好跟她解释，应该问题不大。要是我不在家，把猫咪送到宠物酒店，健康方面没问题吧。”

“一个礼拜左右的话，完全没问题。”老板高兴地笑了，“那些动物们，只和你亲呢！”

他说。

“那是因为在那个家出入的人，除了老板您，没有人关心它们。”

我，好像说过头了。

“所以，动物才对我格外的重要。”

老板淡淡地说。

“马上您就要有孩子了!”

“可是，会让我碰那个孩子吗?”

老板的笑脸看起来那样灿烂，我也不由自主地笑起来。这个话题就此结束，大家都明白，“原来你什么都知道了”。彼此心知肚明。

说句不好听的话，其实老板的处境和这只狗没什么两样。他现在该怎么办?外婆以前总跟我说，生活在城市里，如果选错了人，就会越走越远，直到无法收拾。这句话太对了，不过这是老板和他太太的问题，我没有发言权。

或者说像老板这样质朴的人可以开起来一家餐厅，依靠的完全是他的人格魅力。我自己有时候想，如果要开餐厅的话，能不能找到像店长那样优秀的、对金钱在行的长者，愿意一直跟着自己呢?这样想起来，店里也有好几个跟我一样已经工作了近十年的员工，全都信任老板、喜欢他的人品。

“如果不介意，能否告诉我你的手机号码?要联络猫太郎的事情。”

老板问，我就告诉了他自己的手机号码。

之后，他送我到车子边，我不停地隔着狗笼去抚摸犬太郎的头。虽然知道总有一天要和它告别，可这样突然，还是觉得有些悲伤。还会再见的，老板安慰我，我也点头笑笑，只要犬太郎没什么事就好。

初春的空气中飘来花的香气，虽然还很冷。

“马上就到春天了。”

老板说着，帮我关上了门。

我朝他挥手告别，他的样子有些像捡了一条流浪狗的出走少年。

※

住在海边小屋的时候特别轻松。穿什么都无所谓，又交了几个好朋友。可是，搬到波拉波拉岛的高级酒店后，住在这里的都是些上了年纪的有钱人或是新婚夫妇。

可是，我还是由衷地觉得这个地方真好！

一个人闲得无聊，有了很多时间欣赏房间里的布置。太阳照进来，所有的家具都是木头做的，连浴缸也镶嵌上了木框，很让人安心。地板上，透过大玻璃可以看到美丽的鱼儿游来游去。有时可以从连着房间的栈桥上跳进海里，痛痛快快游上一圈。

在酒店最后一天的傍晚，我坐到泳池边的酒吧里看夕阳。

或许是对眼前的美景恋恋不舍，我决定在夕阳下喝上一杯再回房间。

酒吧用巨大的流木装饰，它们弯弯折折的样子仿佛是经历了很长一段路来到这里。坐在凉台上，面前是高耸入云的山峰，庄严肃穆，大海被染成了奇妙的红色，玩累了的人们说笑着沿着沙滩走回来。

我在比基尼上裹了一条纱巾，坐着喝鸡尾酒。

大概因为年纪也不小了，丝毫不给人异样的感觉，酒店和沙滩吧的服务生也大都认识我，大家互相点头致意，气氛轻松。不过环顾四周，并没有像我一样的游客。

只要在这个酒店里，就感觉像坐上了一条大船，我在船上晃来晃去。对习惯沉默的我来说，一点都不觉得寂寞。

然而，旅行终于接近了尾声，让人感觉悲伤。

一切都已经面目全非。即使回到店里上班，也不知道能不能像从前那样快乐地工作。这样想着，我的心开始在眼前的美景中彷徨起来。

是的，在这里没办法深刻地去思考什么。这里的每一天都太过丰富，天气太热，光照太强，阳光太过刺眼，思维似乎静止了。就和夜色太深、太暗，风太大一样。

每天到了傍晚就去酒吧，在阳台上喝上一杯酒精饮料，这个时候总觉得时间流淌得特别缓慢，似乎自己一直就在这里。

要不就这样逃走吧！反正大溪地还没有去过的地方很多，就这样一路逛下去吧，或许就可以找到人生的其他入口。

夜幕降临到沙滩上，我的心情却丝毫不受影响。既不特别明亮，也不特别黑暗，就只有这一刻存在，心似乎已经麻痹。

但是只要在这个小岛上，有眼前的大海，就能让我回忆起小时候的日子，人变得开心起来。在海边或酒吧听到新婚夫妇的对话，猜测他们的未来会如何，这样就已经感到幸福。

这天晚上，和往常一样泡了澡，在酒吧凉透了的身体渐渐温暖。我换了衣服，沿着长长的木板道走，偶尔停下来看看大海，慢慢向餐厅走去。思维没有静止，和大自然一起缓缓流淌。

真是震撼啊，这里的绿色和鲜花怒放的样子。虽然知道现在不是考虑这些事情的时候，可思绪还是被眼前的景色带了过去，满脑子都是这些花花草草。即使在明亮的月光下，它们也一样在茁壮成长。而大海里孕育着的无数生命，现在也在蠕动着吧。人在这般景色包围下，又怎能做出那些乱七八糟的事情来呢？

我明白了，东京没有这样的景象，所以人们的思维不免走上歧路，考虑事情总是复杂化。可能我自己也变成那个样子了吧。

后悔就在这一刻突然来袭，胸口莫名地疼，呼吸困难，眼前的一切突然变得漆黑，忍不住要在地上打滚，如果当时那样做了就好了，如果当时不说那句话就好了，这样反反复复地想。

越是临近回国，这样的情形越频繁地发生。

最后一晚，当我来到酒店的餐厅时，已经混得很熟的侍者过来问："有位日本老太太一个人，要不要坐到一起？"果然，餐厅靠里面的地方坐着一位体面的老妇人。

餐厅冷气很足，我裹了条大披肩过来的，看上去并不怎么寒酸，应该不会给她造成困扰吧，于是同意了。有个人一起边聊天边吃饭也不错。

侍者过去和老太太打招呼，她抬头冲着我笑了一下，微笑看起来很温暖，我高兴地坐下来。

老太太的腿脚有些不方便，拄着拐杖，我去看了自助餐的种类，问她要吃些什么，给她取来。在来来往往送盘子的过程中，突然感觉到了幸福，我又一次明白了自己的天职所在。

“你一个人吗？”

老太太请我喝香槟，她大概七十多岁的样子，姓金山，我们两人交谈起来。

“是的，一个人旅行。”

“哦，是优雅的旅行呢！”

“听朋友说这里非常漂亮。如果旅行的话，一定要来这里，和鱼儿一起游泳，住水上木屋，到花园散步。一个人到了这里，可能挺醒目的，工作人员都非常照顾我。”

我回答。

“我也是。有一段时间一直是一个人来，和大家都很熟了。这里开张的时候，我过世的老公是当时的日籍员工，所以每到他的忌日，我就一个人来这里。要是待在日本，太伤心了。”

金山太太说。

“那时我一直住在大溪地。我丈夫曾经在这岛上另外一个酒店和东京之间来来回回，所以一直住在这里。”

“那您知道莫雷阿有一个在东京有分店的餐厅吗？餐厅的名字叫‘虹’。”

“啊，我当然知道！那里的老板高田先生到我们这里来玩过很多次呢！”

老板的名字突然冒出来，我吓了一大跳。难道这就是命运？大概是老板和我之间的牵绊才把金山太太带到我面前的吧。

“原来是这样啊。”

“那个孩子，以前只觉得是个在海边贪玩的孩子，没想到工作如此卖力，他一直都在那家餐厅工作。”

“其实，我也在那家餐厅工作十年了。”

我说道。

“真的？我老公还在世的时候，我们经常一起去。说不定我们还见过呢！真是不可思议的缘分啊。”

金山太太微笑着，非常可爱的微笑。很自然的，我可以想象得到金山先生在前台忙碌，或是坐船到机场迎接客人的样子。

“你在高田手下工作啊，真是奇遇呢！高田是个好孩子，他很喜欢大溪地。听说小时候曾经跟着父母在这里住过。他一直说想回来，自己又会说大溪地语和法语，还会跳当地的舞蹈。年轻时常说这里住起来更自由，在东京，总觉得找不到自己的位置。不过，那真是个温柔的孩子。我家孩子小的时候，他一直都很照顾他们，经常到我家来和孩子们一起睡。我这样说你上司年轻时候的事情，他可能会生气，不过他是个不会多想的单纯的人。如果第二天要从早上十点一直工作到晚上十一点，通常就不会全心全意和孩子们一起玩了吧？可高田不一样，他能对眼前的事情倾注全力，将来一定能有大出息，我总是这样想。还有，他和我们家的猫猫狗狗也能玩在一起，那时候真开心啊！”

“我完全能想象得到。”

“那家餐厅，当时也有日本的其他餐厅来申请开分店。可因为高田君的工作得到大家认可，都说如果交给高田做的话一定可以成功，并不是高田自己要求来做的呢！”

“我也听说是这样的。”

“不过，他看起来很能干的样子，其实却不够精明，我很为他担心的。能成功真是太好了，原来你是在那家店工作啊。”

“在那家店工作，却一次都没来过大溪地，觉得很丢脸，就来了，虽然只到了莫雷阿和这里，却已经爱上了大溪地。”

“嗯，以后再来吧。这是个有缘分的地方，你会越来越喜欢它的。你看，尽管我老公不在了，我还是会来这里。”

“是啊，我也很想再到别的地方转转。”

“已经要回去了吗?”

“明天离开这里，在这岛上住一晚，后天一早的航班回日本。”

“啊，原来旅行就要结束了。如果还能多待一阵子，我还想介绍我的儿子媳妇给你认识呢。”

“太可惜了。不过今天能够和您相识，还聊了那么多，我觉得很开心。”

从金山太太口中听到老板的名字，我开始压抑不住自己。

自从来到这里，越来越喜欢老板了。

就像陷入初恋的人一样，看到月亮、大海，都会想到他。

而且，我越来越为我的餐厅和老板感到骄傲。

这个岛创造了他，一想到这，即使再小的事情也都觉得亲切。天空的湛蓝，水的清透，柠檬色的鲨鱼……跨越时间，我们看着同样的东西，我又开始觉得胸口疼痛，这才知道自己有多喜欢老板，又有多嫉妒夫人，原来我也不过是个普通的浅薄的女人，我为自己感到羞愧。

其实，我有个不能实现的梦想：有一天，可以和金山太太、老板一起来到这个岛上。

想到这里，一滴泪掉下来。

金山太太没有察觉，她正在对付眼前的肉，于是我起身去取沙拉。

我从来不把恋爱时的决心当一回事。恋爱的时候，自己已经不再是平时的自己，思考时也只是恋爱的情绪，并不是真实的自己。

即使这样，我也决定了，决定了好几次的决定。

就算再怎么想这些也没用，我不能再见老板了，还是会简单地回到店里继续工作，我的位置只在这里。没有人，包括我自己，能把这个位置夺走。

金山太太说从没有住过水上木屋，每次来都是住在面向花园的木屋，所以我请她到我的屋里来喝茶，顺便可以参观一下我的房间。

“这是你在这儿的最后一个晚上，可以打扰吗?”

“没关系，反正我是一个人，有客人来访才高兴呢!”

我回答。

“我带了日本茶来，请一定赏光。”

我们两个人沿着木道缓缓地散步。吃得好饱，红酒也刚好开始发挥作用，好久没和日本人在一起，心情格外放松。

金山太太拄着拐杖，一步一步慢慢地走。我既不搀着她，也不离她很远，只是配合着她的步调，一步一步走着。

感觉她就像我的外婆，这样又想起了母亲。妈妈平常总是手脚麻利，走路也比我快许多。无论从金钱、外貌，还是优雅的品位上来说，都不如金山太太。

可是她那会被鱼跳起的声音吓一跳，总是弯着手臂挎着小包的样子，和妈妈，还有一直稳重的外婆很像。

这并没有让我觉得痛苦，“原来这个世界上有很多外婆，要是回到店里，有年纪大的客人来光顾，我一定像照顾自己的妈妈、外婆一样招待他们。”我这样想。

这样的时刻，似乎给人生带来了新的光芒，简直就是天使一般的存在。完全不认识的人因为某种缘分相聚，共同拥有一段时间，也许只是偶遇，却能带来生活的真谛。

也不一定是人。比如，犬太郎总是摇着尾巴、开心生活的样子也给我许多勇气，让我重新找到生命中的热情和不顾一切行动的本能。

如果那时我没去找回犬太郎，一辈子都会后悔。什么是重要的，自己到底要什么，那一刻我正站在人生的十字路口。我选择了犬太郎，因为它在我疲惫的时候无偿地安慰我，我对它充满了感激之情，希望可以回报它。

还有那手牵手的老夫妇，那手心的温度，让我幡然醒悟，没有糊里糊涂地回东京。

柠檬色的鲨鱼也是一样，我怀着敬畏的心情看着它，把那不可思议的颜色和流线型的体形深深地映入脑海。

我把金山太太让进屋，等她发现可以透过地板看到大海时，立刻像个孩子似的欢呼起来。然后开始说起她老公有恐高症，不敢坐船出海，更别说是睡在海上了，所以他们一次都没有住过水上木屋等等。她的眼睛一直盯着地板下的大海，闪烁着光芒。

人在旅行的时候总是会回到孩童时代。

不是肉体上的疲劳，也不是现实意义的疲惫，是自己有所控制的疲劳，这个时候会有奇怪的感觉萌芽。世界不再是自己一直以为的样子，于是回到童年，重新体验。

不同年纪的人偶尔回到童年时再相遇也不错。在这个异国的夜晚，在我的房间，两人一起透过地板玻璃，看着被灯光照亮的大海，鱼儿有时游近我们，水上木屋在呼呼的海风中轻轻摇曳。

我们看着鱼说着话，开心之余都能明白自己此刻生命的美丽。放在玻璃上的手的温度，散落在脸庞四周的发丝，明白身在此刻的甜美。

我的心中涌起了对已故的母亲、对家乡大海的感恩。大海轰鸣着，海风在岛上的每个角落呼啸，然而这声音丝毫不能抹去故乡的面影，故乡更清晰、更鲜活了。

当静静地感谢自己心中这个圣殿一般的所在时，我知道把我培育长大的世界还在那儿，没有改变。我自己的根本，一直和客人打交道、从大海中获得的不会消失的微笑的力量，已经在身体里生根。

一辈子都要站在店里！站在店里，每天和不同的人邂逅，看人世的种种，就像我的外婆和母亲一样。这不是什么值得惭愧的事情，是我的人生。

那家餐厅……想到这里，胸口又开始作痛。

我，不喜欢麻烦的事。因为感情很脆弱，所以把自己埋到工作中，有什么麻烦的事总是把自己的心关起来，视而不见。

那天晚上，用一股即使犯罪也无所谓的勇气去迎接犬太郎时，不，在那个空空如也的屋子里，不顾一切地照顾动物时，小时候已经被封印的记忆似乎复苏了，改变了我。

或许这是来自植物的魔法。

在动植物真爱的照耀下，开始明白自己从父母那里继承了什么，是一个怎样的人，自己是怎么想的，想做什么不想做什么，想住在什么样的地方，不喜欢什么样的地方……这些至今为止未曾自觉的部分。

然后，突然冒出了一个崭新的自己，有更多欲望，更顽固，让人讨厌的固执的自己，就像一株湿漉漉的奇怪的植物，把自己的根牢牢扎进泥土，从大地中汲取力量，真实而神奇的力量。

而我还没习惯这个新的自己，不知道该在哪里弯腰妥协。

“电水壶和我房间的一样，我来泡茶吧。日本茶是不是这一种？”

金山太太就像妈妈一样开始泡茶，我挺不好意思地坐到水滴状沙发上，默默地等待水开，地板下大海的蓝光照到了一旁腰背挺直的金山太太脸上。

这个到处都是木头颜色的房间就像一个摇晃着的船舱。

这趟一个人的旅行，却在结束的时候有人陪伴度过，心里很开心。另一个人在房间里煮的开水沸腾起来，同样感到温暖。

在店里晕倒被送到医院，诊断为劳累过度，打了点滴回到自己房间，想打电话给谁，却一个对象都没有，我茫然。

打给亲戚有些唐突，除了原来住过的老家的电话，我已经没有其他可以打电话的对象了。

这样的念头让人悲伤，看着房间里的电话，“如果可以打到哪里就好了。”突然想哭。

我当时想象着那些沉浸在哆啦A梦、弹子机等机器世界里的人深刻的孤独。那再也打不通的电话，再也听不到的声音。或许可以永远在一起、不会死的朋友就只有机器？我深深陷入人类普遍的悲伤情绪里。

那一刻我想要的不是休假，不是药物，是那台电话，放在家乡海边破旧小屋的玄关后面、小小起居室里的脏脏的电话，老是被破烂的沙发、杂志、箱子埋得找不到的电话，我想打过去。

想象电话响起来的情景，那异常甜蜜的美好的情景，就能治愈我。

假如妈妈接起了电话，我装作无所谓地说：

“我在店里晕倒了，说是疲劳过度。”

“那快点回家来吧，跟我说说怎么回事。”

妈妈一定会这么说吧，声音里带着些微生气。

穿着平常的平绒衫，个子高高，握着听筒，音调有些高，一定会这样说吧。

想象着这样的情景，我都不愿再回到现实的世界里，就想一直这样留在过去。

虽然数量不多，但我也有几个相当要好的朋友。他们能够理解我的顽固和拙劣的表达感情的方式，总是温柔地对我。

可是，朋友在这一刻帮不了我。朋友的言语、行动都无法安慰我。这种时候，只有家人，即使他们完全不知道我发生了什么，也不问什么，只有相互熟悉的味道、相互熟悉的规律、肌肤接触的安稳，我想逃到这样的空间里去。

妈妈一直都反对我到东京的餐厅工作。她总是说，那里的人没办法理解像我们这样被天气、地理影响，一辈子做朴素的事情的人之根本。

“虽然帮家里勤恳工作，不是个坏孩子，可不明白她到底在想什么，有些古怪。”我总觉得老家人不喜欢我，所以一直不愿意留在那里。东京的那家餐厅有着存在的理由，似乎是可以持久的感觉，所以不顾妈妈的反对来到东京，结果又碰到“思考方式不同”的问题。妈妈说得没错，不知道从什么时候开始，我的状态变得奇怪，差一点就失去了一直以来最重视的东西。

金山太太泡的茶又浓又苦，很够味道。两人默默喝着茶，我突然想起了以前的保姆山中太太：“为什么中年妇女泡出来的茶就如此好喝呢?”

我忍不住问了一点关于老板的事情：“高田先生在这个岛上的时候就已经结婚了吗?”

金山太太从小椅子上挪到床上重新坐好，腿往前伸，想了想，回答道：“嗯，没结婚。”

“是吗?”

“新婚旅行的时候，我们曾经见过一面，还有那位漂亮的大小姐。不过两个人看起来不太和睦，老是吵架，不知道是不是维持得下去呢。”

“似乎处得还不错。老板太太在经营自己的新公司，据说可以赚很多钱。”

“啊，没错没错，就是这种感觉。他太太似乎更适合这个社会吧。高田本来就没什么欲望，是那种可以在这个岛上这家店那家店打打工、给捕鱼的人打打下手、默默生活一辈子的人吧？所以听说他在东京开餐厅的消息时，我想他一定是硬逼着自己做的。如果没有那样经于世故的太太，估计很困难吧。”

“原来是这样。”

“我听说开始是他太太那边先热烈追求他的，大家都年轻啊。另外，高田的妈妈家其实很有钱，当初高田是不顾家里的反对离家出走的。可能也有这方面的原因吧，我想。应该是用妈妈那边留下的钱买了土地，开了那家餐厅，至于女方有没有出钱，我就不清楚了。不过当初就感觉那位太太一定会自己干事业，她的脸上写着‘野心’两个字呢！”

我有点明白为什么老板会选择那样的太太了。

一定是和自己的母亲相像的缘故。

这是比金钱更根深蒂固的问题。即使现在所有的破绽造成了一个很大的漏洞，那也是经过了一段长长的历程。想着这样的问题，我的思绪渐渐飘远了。

心情有些低落，于是转变了话题。试着问金山太太是否认识我们店长，不料她对店长年轻时的事情也很了解，简直如数家珍。说她还经常点他的单呢！当听到店长喜欢上了当地的一个女孩，后来被抛弃了的故事时，我大笑起来。

说笑间，我一直注视着金山太太捧着茶杯的样子。

手腕纤细，却不消瘦，晒成了闪闪发亮的古铜色。在这个岛上生活过的日本人也都有过自己的青春啊！眼前的手腕也曾是这青春的一部分。一起吃饭，倾诉烦恼，抚慰彼此身在异乡的乡愁。

是吹拂在大海、高山间的风创建了那家我所热爱的餐厅吧。

“金山太太是和您丈夫恋爱结婚的吗？是在这里认识的吗？”

“我们挺晚才结婚，我是再婚。在东京认识的，然后恋爱结婚。我是客人，他在我经常住的酒店做前台。”

金山太太笑了：“我是个被爷爷奶奶溺爱长大的孩子。最爱的外公就是在酒店工作的，所以一直都对酒店的员工有好感，因此也很喜欢我老公。即便现在，看到酒店员工利落工作的样子，我的心口还是一紧，外公和老公的影子就在其中呢。”

假如是在东京的小房子里听到这样的话，未免觉得沉甸甸，仿佛有回声。在海边小屋里听来却如此平稳，话里的沉重被海风和海浪吸走了，远远的。

“第一次结婚的时候还很年轻，什么都不懂。我是个不谙世事的大小姐，对方相当有钱，外表也不错，似乎就是一直期待的白马王子，于是一下子陷进去了。对方的父母给我们建了新房子，我得意得不得了。可是，原来他只有外表帅这一个优点，非常贪玩，不久就开始不着家了。”

金山太太微笑着说：“在我那个时代，女人没有话语权，我一直一个人在家里等着那个已经结了婚的男人回家。虽然我并不是个有钱人家的小姐，可家里也是有土地有产业的，结婚前和爸爸妈妈、爷爷奶奶、叔叔伯伯、兄妹们一家十几口人热热闹闹住在同一个镇上。一下子这样，觉得非常寂寞。

“可是大概太忍气吞声了，当时都没有感觉到寂寞，人却一点一点消瘦下来。过年回家时，妈妈觉得奇怪，逼问我到底出了什么事情，才把一个人独守空闺的事说了出来。

“当年的婚姻和现在完全不同，虽然家里人为我担心，却不能为我做什么。我呢，每当老公偶尔回来时，也是努力和他交流，希望可以让他多留一段时间。结果他还是几乎一直住在别的女人家，我大概过了两年以上的独居生活。”

“那一定非常痛苦吧。”

“当时那个时代，这样的事情也不少。”

金山太太说道。从侧面看过去，能够想象她年轻时软弱敏感的样子。

“你还没结婚吗？多大了？”

“是的，还没呢，今年二十七了，工作太忙。”

“我到了很晚才再婚，也碰到了自己很喜欢的人，所以不必着急。尤其在现在这个时代，有很多形式可以选择。既然生活在这样的年代，可要慢慢仔细挑选哦。”

和妈妈的教导完全一样，我点头说“对 ”。

“有没有喜欢的人，或正在交往的人？”

金山太太问。

“这个，很难呢。”

我回答。

很难，一想到这个词，眼泪就要夺眶而出，恋爱是愚蠢的事情。在远离爱人的大海中央，想起他时，居然会流泪。是什么错了？两个人的道路本应永远不会有交集，却不知道哪里出了问题，心情再也抑制不了。

从自己的口中说出了那样的话，应该无法挽回了吧？但是现在，说不定还来得及，这样想着，内心又动摇了。

那个人现在和犬太郎在一起吗？还是和太太生活在同一屋檐下？是不是会想起我？胸口曾经的闷热苦痛，正飘向空中吧？

在同样的月光下，呼啸的海风是不是想告诉我些什么？一定是的。

那体内充满魔法般爱情的人，在照顾植物、和它们说话吧。和店长见面的时候，会忍不住说起我吧。

在房间里不开灯，一个人思考时，窗外是否和那时一样吹进温柔的春风？

“哦……”

金山太太一定觉察了我不想说的情绪，不再追问。

“金山太太的那段婚姻怎么结束的？是因为丈

夫不再回来的缘故?”

我很有兴趣地问。如果不是在旅途中，自己的性格又发生了一点变化，我是绝对问不出这样的话来的。自己也被这样自然的提问吓了一跳。

虽然对我一无所知，金山太太却轻松地回答：“是我离开了那个家。”

然后，用怀念的语气说道：“真的，能那样做实在太好了。对当时只有二十来岁的我来说，真是大胆的行为啊。放到现在，这样的事可能无所谓，但对于当时的我来说，可以说是改变了生活的方向。”

金山太太开始说起事情的始末。

“父母非常爱我，下了决心跟我说和他离婚算了，让我这边提出也是没办法的事情等等。可我对他的父母抹不开面子，又是年轻时的第一次恋爱结婚，非常不甘心。固执地以为一定可以用自己的力量来改变丈夫，就这样努力一个人生活，甚至想一直这样下去，当时真是年轻啊。

“可是，有天傍晚，事先没有任何联络，我最爱的外公来看我了，平常即使邀请他也绝对不会来我一个人的新家。

“真的很突然。门铃响起，我从窗户看出去，发现外公站在那里。实在太吃惊了，匆忙让外公进门。”

说到这里时，金山太太眼里含着泪。

“外公看着我：‘够了，你不该一个人在这里，回家去，我来接你了。’他说。

“我想这不行啊，就说：‘先进来再说吧。’

“可是外公却说：‘这里不是你的家，我不能进去。我在外面等你，你快收拾一下吧。’就在玄关坐下了。

“外公是个顽固的酒店人，总是穿戴整齐，很有礼貌地和人讲话。我也曾见过几次他和别人意见不合时，挺直腰板不听劝的样子，知道他不会轻易改变主意。外公默默地在玄关坐下，回过头来看着我。

“我也不能说‘请回去吧’，‘那我先给您泡茶去。’我说。我把外公一个人留在玄关，摇摇晃晃进了厨房。这是比我自己家漂亮数倍、设备齐全的厨房。和刚才一样，我注视着水壶，等待水开。内心慌乱，完全不知道该怎么办。

“因为当时我一点也没有要回家的意思，我的家在这里啊。以前嫁出去的女人都是这样想，一下子不可能转过弯来。

“可是，就在这时，突然出现了转折的瞬间。

“一边烧着水，一边苦恼该怎么办的我，想看看外公在做什么。透过窗户看出去，他依然外套不脱，也不进门，只坐在玄关上。那件外套，是他上班穿的唯一一件黑色的羊绒大衣。

“外公背对我坐着，大衣的衣摆正好碰到了离家出走的老公放在玄关上的鞋子。

“我委屈自己，每天把这双鞋擦得锃亮，装作不是一个人住的样子，放在玄关口。

“那个瞬间，我突然觉得外公被这双鞋玷污

了……‘自己赌气待在这个家里，其实他是不会回来的。’突然就醒悟了。现在外公的外套被老公的鞋子玷污了，这样的想法可能只有一瞬，即刻就会消失，但那是我真实的心情。

“结婚不久就碰到这样的事，我对外公的爱当然不会输给对老公的，可是不知道为什么，一头钻进了死胡同。其实一直支撑自己的不是对老公的爱，而是作为人的尊严和面子，因为得到了这样漂亮的房子而想要回报的心情。终于明白过来了。

“不过这都是后来才想通的。我当时只是觉得，不能让我骄傲而伟大的外公被玷污，只有这些。这是我的真实想法。

“当时还很幼稚的我想，啊，我最爱的外公为了我到了这里，一定谁都没有告诉，‘现在只有我去接他了。’就这样决定了吧。我知道，如果今天我不跟他回去的话，外公永远不会再对我的婚姻说什么了。

“这是外公用他所有的爱所做的判断，我对他的决定没有丝毫怀疑，因为仅仅是他的外套被玷污就让我如此不高兴了啊！

“我马上关了火，不再去泡茶。整理了一下随身衣物，和等着我的外公一起离开了那个家。

“外面是寒冷的冬天，下着雪。外公在我前面大踏步地走，他的外套沉甸甸的，抵御着寒风，小雪飘落在他的肩上。那迎接了不知道多少客人的高贵的肩膀，我是多么热爱和尊敬它们啊！我的胸口热腾腾的，眼前的风景让人心安，有一种奇妙的美丽。在灰色的世界里，只有外公的外套是黑色的，具有十足的存在感。即便散落的枯叶把我的头发吹乱，挡住了我的视线，外公的背影、傍晚的街道和满天的飞雪却清晰可见。

“我，无论如何都要离婚。下次再结婚时，一定不能让外公的背影蒙上耻辱。后来，这件事也起了很多纷争，什么已经给你买了房子、是个长不大的离不开家的小孩子等话都传到我耳朵里，可是我一点都没动摇。对我来说什么是值得骄傲的，什么是最重要的，已经完全明白了。”

那个改变人生的瞬间，金山太太讲述完了。

“真是非常感动，很有道理的故事。”

我老老实实地说。

“呵呵，在这个酒店里总会想起许多以前的事……对不起哦，你明天就要出发了，我却啰啰唆唆说了那么多，打扰太久了，我要走了，也有点困了。茶让人觉得很暖和。”

“很高兴您跟我说了许多老板年轻时候的事。如果不介意的话，这个茶您带上一些吧，您还要在这里待一段时间，不是吗？”

“是啊，这里有很多老朋友。还要住两个星期，而且我的儿子儿媳下个礼拜也要来。平时我一直在照看孙子，忙里忙外。所以每次重游故地时，总是一个人先来清静清静。”

金山太太笑着说。

“我送你吧，”我们一起出了门，沿着木道往回走。到处都有路灯，将眼前的道路照得透亮，海风吹来，星星在头顶闪耀。我们一起看着路边的树木、花朵和山峰的影子，在空落的道路两旁，感受到无数生命的存在，水边静静休息的鱼儿、沉默的山峰和桥下的珊瑚。我们小声说着话，慢慢走着。这一步一步都是宝贵的瞬间。听了刚才的故事，我的胸口不知为何缓过气来，好像被清清的流水洗过一样干净。

金山太太指着能看得到山的方向说："我每次都指定住在这里，白天可以看到对面的山。"虽然现在一片漆黑，只能看到一团黑影。我在玄关处和她告别，仿佛这不是酒店的木屋，而是金山太太的家，大概这里有着他们夫妇的太多回忆吧。

"你要小心回去哦，别掉进海里。"

金山太太和我开玩笑，我握着她的手："回东京以后，请一定到我们店里来。"

我对自己能堂堂正正说出这句话而感到自豪，在星空下走回小屋。

※

老板再次打电话来，让我去接猫太郎，这是距离辞职一个星期以后的事。

因为我突然辞职，老板娘打来电话质问。她说要把我这样擅作主张的工作态度告诉老板，让他也辞退我。听上去犬太郎的事没有暴露，谢天谢地。对不起，店里看上去很忙的样子，因为我在这里工作了很长时间，没办法撒手不管。既然狗狗不在了，也听店长说起新的保姆就要来了，我以为老板会告诉您的，没和您打招呼就……真是对不起——随便说了几句应付她。

老板娘虽然生气，但还是原谅了我，只是说下一个保姆来时，要好好和她交接工作。是啊，总不能让山中太太再来交接吧。没想到这么简单就解决了，我也毫不犹豫地答应了，并且说下次去时会带上辞职信，此外，这个月的薪水我也不要了，心平气和地道歉，总而言之只要不再去那个家就好。

“为什么你不愿意再多做一段时间?”

老板娘连着问了三次，我也只说，因为实在喜欢在店里工作，对不起。我知道她的言下之意是“你又年轻，又便宜，工作又卖力”，比起年龄大的专业保姆，要好用多了。我想是因为自己在家里做惯了家务，虽然年轻却料理得井井有条的关系。老板娘把自己老公的员工当作自己的员工一样使唤，觉得怎么用都可以吧。既然已经离开了店里，就应该毫无怨言做好新的工作，她一定是这么想的。至于我为什么辞职，她怎么想也想不明白。我不喜欢因为人的原因而随意处置动物，不喜欢看到他们夫妇吵架，不喜欢把这个冷冰冰的家打扫干净，不喜欢照顾即将出生的没有老板血脉的孩子，一点也不喜欢。

她一定在老板面前说了许多，虽然不能继续把我当作保姆来用，对我的调任却可以指手画脚，可能真的要把我调去她的公司。我知道，伤害了这种人的自尊，一定会得到这样的下场。

老板为了保护我，一定编了很多谎话吧。想到这里，不由得觉得自己是否为了回餐厅上班而太过任性了?

一般只要上司一句话，被换到其他部门是理所当然的吧，这就是职场啊。

在这一点上，我并不那么幼稚。可是，在工作岗位上晕倒好几次，拒绝换到更轻松的部门，又拒绝了更轻松的保姆工作，一门心思要回到以前的岗位……客观上来讲，这就是现在的我。

我也不知道怎么会变成这样。自从因为疲劳过度倒下后，我的齿轮就发生了偏差。如果知道会变成现在这样，还不如当初好好休息再回来上班，倒还简单得多。因为母亲的葬礼以及与亲戚之间的事回了几次老家，人已经非常疲惫，却依然在睡眠不足的情况下拼命坚持，以为自己做了那么久了，可以轻松对付。现在说这些已经太晚了，凡此种种，让我陷入了现在的处境，真是悲哀。

我的回归一事还是尘埃未定。做保姆领到的薪水很可观，生活上是没问题的，只是问店长什么时候可以回去上班时，总让我再等等，说至少可以休息到这个月底。说不定很少来店里的老板娘突然出现，发现我不在店里上班，连店长都要帮忙说谎，这让我觉得很难过。看来对于我的处分，老板和他太太的意见很不统一。

我由衷热爱的工作，现在似乎离我越来越远。是不是只有辞职一条路了？只要一想到老板、他太太以及那个家里的事情，就让我觉得十分痛苦。

这样钻进牛角尖的我越发失望，不再出门，也不见朋友，老是在自己的房间里窝着。

正值春天，家门口的樱花含苞待放。傍晚，我穿着单薄的衣服出门，绿色已经很浓了。天空的颜色仿佛可以融化在空气里一般柔和。

“这样下去可不行啊，为了让自己的决心更加坚定，要不去一次大溪地吧。然后，再次恳求老板或店长，无论如何也要让他们同意我回店里上班。”精神好一点以后，我这样对自己说。回店里上班毕竟是我一直以来的梦想啊。

餐厅的同事们也打过好几次电话：“快回来吧。”有的说替我向店长求情，有的说今后再晕倒也没关系，会尽力照顾我等等，温情的话让我觉得心里暖暖的。我一一回应他们说会努力在下个月回去上班，并没有解释详情。

不过，我和同事们说了去旅行的事：“身体好多了，要去大溪地玩一玩，就当散散心，也可以学些东西，我会买了礼物回来看大家的。”这样说出来，好像自己真的可以去一样，心情也明快许多。

老板和他太太之间在做些什么，我无从知道，即使想也没有用，等到和下一个保姆交接完工作，就只有等着他们的决定了。新保姆来的时间确定后，我有了两个星期的假。

立刻决定去大溪地，定了旅行社，付了钱，更新了护照，日程定下来后又拿到了机票，心情一下子开朗起来。正准备回家时，电话响了。

正好是准备离开涩谷的旅行社时，天色已经微暗，街道两旁在夕阳下微微泛着光，很美。

“我是高田，关于猫咪的事情，想和你商量一下。”

老板的声音在耳边回响。

听起来那么亲切，令人怀念。

“哦，好的。我刚从旅行社出来，打算去大溪地走一走，正好可以去总店参观呢。旅行时猫咪可能要寄放在宠物酒店了，如果这样可以的话，那我随时都可以接猫咪回家。已经和房东说好了，房东很同情失去双亲的我的遭遇，答应瞒着其他房客让我养猫咪了。还说万一被其他房客发现，就说我是他的亲戚呢！只要退租时把房间的气味还有墙纸什么的清理整洁就可以了。我会尽到抚育猫太郎的责任的。”

“是吗？为了让猫太郎尽早习惯新环境，得快点带它过去呢。对了，我会支付抚养费的。”

老板这样说。

“请别在电话里说些好像离婚夫妇才说的话吧。”我笑了，“虽然我的储蓄不多，不过养一只猫还是没问题的，请放心。”

“那现在可以来吗？”

老板问。

“去您家吗？”我说，“您太太在家吗？因为我擅自辞职，太太好像非常生气，如果可能的话，最好不要和她见面。对不起，跟您说了一些自私的话，工作交接时我会去您家的。现在可以去别的地方吗？”

“是这样啊。我现在在办公室呢，不知道家里的情况怎样。那么，我回家把猫太郎带过去吧，还有它喜欢的玩具、猫厕所、猫沙、猫粮等等，开车送到你家附近。你看这样可以吗？”

“那太好了。”

“你家在哪里？在我们店附近吗？”

“离店三站地铁，就在N站附近。”

“那么，地铁站前有个露天咖啡座，我们在那里见面吧。我现在回家准备一下，大概九点左右过去。那里好像营业到比较晚，时间上应该没问题。天就要下雨了，你找个有顶篷的位子坐吧。”

“好，我明白了。”

我说。

“我们的约会总是带着动物，总是选在露天咖啡店呢。”

老板在电话那头笑着开起了玩笑，我的胸口又是一紧。

电话打完不久，开始下雨了。

九点，撑着伞准时在大雨中到了那家店。不管是要接过猫咪，还是可以直接见到老板，都让我高兴。另外，今天也是最后一次直接交涉工作的机会了，不管结果是好是坏，我都要做，想到这里，心扑通扑通跳个不停。

因为下雨，露台座席拉上了玻璃窗，还开了暖气，很温暖。脚下的瓷砖泛着冷光，大雨打在窗户上，可以想象得出窗外的夜景。

老板带着装着猫太郎的小笼子，十分钟后赶到了。他浑身湿透，脸上却带着笑，一定是自己没有撑伞，只顾着笼子里的猫咪了。

“让你久等了。”

笑着的老板看起来很年轻，就像我第一次在杂志上见到他时一样明亮的笑容。似乎有什么地方变了，大概是为猫咪终于有了新的家而松了一口气？

而我，也把他看作被一个不好的女人困在家里的动物，因而有点可怜他。

“本来想把猫太郎留在车里的，可是今天很冷，看它很可怜，还是带出来了。”

“不知道它会不会不习惯我的小房间？”

我说。

“它本来就是只流浪猫，很黏人，一定不要紧。我去旅行时也经常把它寄放在别人家里，都没问题的。”

“我会好好照顾它的，一直到它寿终正寝的那一天。”

我说，

“犬太郎好吗？”

“现在养在店后门，大家轮流带它去散步，它高兴着呢！有个店员有宠物美容执照，还给它剪毛呢。”

“哦，是山冈吧，她是有宠物美容执照的。”

我说。再次提到同事的名字，让人怀念。我忍不住脱口而出：“这个，老板，我还能回店里吗？”

听我这样一说，老板捧腹大笑。

“担心了？每次我和你见面，你都要说起这个话题呢！放心吧，没问题的，一定让你回去。”

然后，老板干脆地说：“不管谁说什么，只要你愿意，从下个月一号开始，就请回店里上班吧。你只要像平常一样去就可以了，我会跟店长说的。因为想托付猫咪的时候一起告诉你，这才说晚了，对不起。让想工作的人工作，是我们餐厅的荣幸，今后也请多多关照。”

“谢谢您。那我从大溪地回来就去上班。”

我高兴得都要晕过去了，“或者我干脆不去大溪地，马上去上班比较好？”

“不不，一定要去看一看，这是进修！不过没办法替你出钱，让你自费去，真是不好意思。但为了餐厅，我觉得是好事。我会和总店的老板打招呼，让你到厨房里看看，招待你好好吃一顿的！”

“好，那我就去了。一直都很想去的，谢谢您。”

“到了波拉波拉岛住哪里？”

“子午线酒店，豁出去了，住水上木屋。听说是最近新建的，设备什么的都是最高级的。”

我说。

“那里虽然很好，不过只住在那里的话，恐怕不能体会大溪地的美丽吧。”

“啊，不要紧。前半段一直是住便宜的小木屋，还是自己做饭的那种。”

“那就好了，可以体会两种不同的风景。如果遇到什么难处，请和我联络，我在当地有很多熟人。不过，你不会是一个人去的，我还是少说两句吧。那里是我的后花园。”

老板说。是的，我是一个人去的，可是说不出口，我沉默下来。

“油炸小鱼、夹满金枪鱼的三明治一定都要尝尝味道哦。如果觉得味道不好，也请直说好了。不过，优美的景色往往令食物也美味起来。比如HINANO[①] 啤酒在这里喝的味道远不如大溪地。还有，大概因为是法属领地，面包特别好吃。那面包的味道是怎么模仿都做不出来的，每次吃饭前，我总会多吃不少面包。”

就这样，老板把卖黑珍珠实惠的店、我住的小木屋周围好吃的餐厅、景色优美的入海口的方位、

---

① 大溪地出产的啤酒品牌名，同时也是当地女性常用的名字，标志以小岛和椰树为背景，一个头戴花环、身穿红底白花裙的大溪地女郎盘膝而坐。

一定要吃的椰子冰激淋、到哪里去看舞蹈等等，一一在纸上写下，还画了地图。他的表情如此认真，我想这个人的确非常热爱大溪地。我知道他把自己所知道的都一五一十告诉了我，还根据我的预算帮我设计了很多方案。看起来，知道我要去大溪地，他真的很高兴，还在笔记本上写下了我行程内根本去不了的很多地方的信息，还有电话号码和地址。

以前，同事曾在新婚旅行时去过大溪地，到我们餐厅的总店时，老板老早就打好了招呼，他们在那儿受到了令人惊讶的热情招待。总店拿出特制的蛋糕、备好的鲜花，还派车送他们去酒店，两个人非常感动。

同事说，在总店说起高田先生时，大家都衷心露出笑脸，可以感觉得到大家深深地热爱着高田先生。

“对了，在子午线酒店附近有个码头，你报名参加旅行团，就可以和鲨鱼、海龟一起游泳哦。我参加过，超级感动。我从来没想过人生中有朝一日

可以和它们一起游泳。不管是亲眼看，还是在海里看，都觉得鲨鱼是攸关生命的生物啊，真想不到有一天可以看到真的鲨鱼！不论是多小的鲨鱼，真的，只有感动。我住在大溪地时还很穷，不知道有这样的节目，不敢想象可以和鲨鱼一起游泳。鲨鱼真的很可怕，即使很小，也让人神经反射似的紧张起来。不过颜色很漂亮，是美丽的柠檬色。”

“听起来像做梦一样，我一定要去看一看。”

我说。

然后，沉默又伴着雨声降临。

现在已经没有理由让两个人继续坐在这里。猫太郎说不定要上厕所，可我还想继续坐在这里，就这样听着雨声。

“我送你吧。”

老板说着，站起身来。

雨还在下，我冒着雨坐上了老板的奔驰车。车里到处都是狗狗和猫咪的毛，我笑了。雨越下越大，刮雨器再怎么努力工作，也看不清窗外的景色。

车里流淌着悲伤的音乐。主唱悲伤到嘶哑的声音配上吉他美丽的音色，描写着绝望的情绪。雨水打湿的窗外雾蒙蒙的景色和音乐奇妙地融合在一起，我的胸口又是一紧。

“很特别的音乐呢。”

“据说是个吉他手在精神状态很差的时候，和来帮助自己的精灵交流后做出的音乐。”

“可是我挺喜欢这歌声和演奏的。”

“嗯，我也是。听了莫名地心安。特别是在雨天的车里听。”

老板的侧脸看起来很端正，声音里透着海底的深邃。

我们的沉默融化在音乐里，浸满了整个车内空间。

“谢谢你答应收留猫太郎。”

老板又接着说：“其实，从好久以前开始，我就喜欢你了。第一次在店里见到你，你就是我的太阳。”

我，人生中最吃惊的一刻，就在此时，甚至超过听到母亲倒下的消息时。

“我，很为难。”我说，“我们的立场不同，这让我不知所措。”

“可这是真的。”

老板说。混合着雨声，心脏跳动的声音越来越响。车子不知何时已经停到我家附近的车站了。“我不会纠缠着要进屋的，就开到你家附近，行李比较多，猫咪又在睡觉。”老板心平气和地说着，我让他把车开了上去。

车子在我家门口的人行道上停下来。老板继续说：“你到我家来做保姆，也是我的主张。因为我以为要是不这么做的话，你可能会辞职。你来到我身边，说不定可以注意到我的存在。只是没想到会变成现在这样，这是我事先没料到的。真是对不起。只是，你到我家来的这段时间，尽管我们没见面，可我真的觉得很幸福，是我搬到那个地方以来最幸福的时光。你怎么想？不觉得我应该把自己的心里话说出来吗？”

“您太太不是马上就要生了吗？”

我双手紧握，低着头，可是。

“那又不是我的孩子。”

老板平静地说道，又继续：“人总有追求幸福的权利吧？不对吗？人生很辛苦，有很多无聊的事情发生，可是都应该有欣赏高贵美丽的事物的权利吧。你不觉得吗？我想让现在自己所处的这个复杂丑陋的世界重新回到简单的起点，这不行吗？”

“这是没错……可是，您喜欢我哪里呢？”

“可能是这小小的克制的严肃眼神、工作的方法和对生命的态度。”

老板说。

“从什么时候开始的呢？”

我问道。

“从第一次见到你开始，就像初恋一样陷了进去。这就是我理想中的人啊！你工作的样子，从店长那里听说的你顽固的个性，我都喜欢。为了见到你，我特地到店里去了好多次，可是你总是在拼命地工作，一点都没有注意过我。其实你到我家来做事时，我正和太太闹分居，没有住在那个家里，但我的心总是牵挂着那儿。”

“那您太太知道这件事吗？”

我又问，总算开始明白事情的经过，我意识到了自己有多迟钝。

“不，她不知道。”

老板说，“我不会说自己太太的坏话。不过，虽然我们有一家共同投资的公司，她要做的事情却和我的人生完全没有关系。我希望能在有很多动物和植物的地方生活。我喜欢孩子，希望能够养育自己的孩子。即使家很小，还是想住在自己的世界里。我太太应该希望和工作、爱情，以及这段爱情的结晶生活在一起吧，这并没有错。可她冷酷地把动物从家里赶出去，现在我们那公司也和我的生活轨道无关了。”

听到这些，血液一下子涌到大脑，我脱口而出："既然这样，那我也要说了。现在我作为一个女人，而不是您的部下，来说说我的心里话。虽然话不好听，但选择了太太的不是您本人吗？您太幼稚了。虽然从我的角度来看，那个人也有不对的地方，但这只是大家的世界观不同罢了，每个人都有自己的生活方式，这没什么不对的。既然两个人已经到了这个地步，就应该一起走到底，这不是责任吗？当然，您想要改变生活的心情我可以理解，不是什么坏事，也有这样的权利，可是请不要借用我的力量，把我当作目标。我一直努力让自己的人生过得简单一点，不要把我卷进你们夫妻之间！"

老板沉默了。

让人痛苦的沉默。雨继续在下，我……说真的，其实很幸福，幸福突然降临。真想这么一直待在车里，说一些更温柔的话语，回到刚才的幸福的世界，真的。可我还是哽咽着说了下去："女人，在结婚的时候，总怀着各种各样的欲望。比如想被爱，想有钱，对于今后生活的期盼，让自己更成功等等。您太太可能比一般人的欲望更多一些，不过这也很平常，并没有什么不好的。因为自己没有了继续爱下去的自信，不知道自己究竟拥有多少财产，和这样一个女人结婚，您本身也有问题，而我不愿意介入到您的问题里。我，不喜欢婚外恋。在老家就一直接待观光客，看过很多这样的人。婚外恋，无论是怎样的婚外恋，都会向不好的方向发展。老板您一定认为用自己干净的手抚摸后，人会像植物一样绽放出美丽的花朵。您一定也是这样想，才和太太结婚的吧？可是，人的本性是改变不了的。所以，我喜欢动物和植物。对不起，我的话有些过分，可是，我就是这么看你们两个的。”

老板开口了：“我的心意，不会改变。不过，我不会纠缠你的。如果可以的话，请不要辞职。”

“我不知道。听到这样的话，我觉得很难再保持平静的心情回去上班。”

我有点破罐子破摔了，自己也不知道为什么这么生气。

“可是，我想知道你的心意……完全没有可能吗？你怎么看我的？请告诉我吧。只要知道这些，即使不是自己的孩子我也能养，只要能在我的餐厅里看到你，我就可以怀着希望继续现在的生活。”

“我很尊敬您，可是不行，没有可能。无论如何都不行。”

说着说着哭了出来。

“这样，是这样啊……我知道了。”

老板说。音乐结束了，只有雨声在车内回荡。他一直沉默，怀着一颗受伤的心。就像一只正在发情的猫，他的身上发散出对我无处可逃的情欲。他痛苦地沉默着。

我惊觉自己似乎说得太过头了，抱起猫太郎的笼子和装着其他东西的袋子，要是现在不下车，说不定会说出更过分的话。

不由自主地同情起他现在的境遇来，一瞬间，我把手伸出去，碰到一点点他的头发，柔软光亮的头发。

“对不起，说不定我不能回餐厅了。对您的家务事说了那么多过分的话，真抱歉。我知道最痛苦的是您，却还是说了过头的话。我就是个个性顽固不会委婉行事的人，请忘了我吧。即使不是现在的妻子，您一定也可以找到其他适合您的爱人，一起过您在大溪地时那样悠闲自在的生活。只要活着，即使和太太没办法好好相处下去，即使发生很多不愉快的事，即便在痛苦的境遇里，只要不放弃希望，就会迎来找到自己位置的那一天。请努力吧，我呢，就算辞职，也依然会爱着我们的餐厅。”

我说。

“我，希望能和你在一起。虽然是我的梦，可一直这么想。”

老板呻吟着说。

“这不行，我的能力不够。”

说罢，我冲进雨中。头也不回地跑起来，尽管猫咪和行李很重，可我什么都顾不上了。

那天晚上，我无法入睡，最后在雨声中和猫太郎一起躺下。

或者说，是猫太郎陪我一起躺下才对。

猫太郎不习惯我狭小的屋子，起初一直喵喵叫着在屋里走来走去，一度藏到桌下不肯出来。等我洗完澡出来关了灯，在雨声中抱着被子躺下时，它终于爬出来，靠着我坐下，而且居然闭上眼睛睡着了。

真高兴有一个毛茸茸的生物陪着我。现在明白当初猫太郎第一次到老板家时老板的感受了。

毛茸茸的生物语言不通，却喜欢自己，黏着自己，这份力量让我的心、难以入睡的寂寞的心变得平静规律。

我大概就是在和老板共同拥有花园和动物的那段时间，感觉到看着同样的东西的那个阶段，被他吸引了吧。所以，才会被今天的表白刺伤。

“如果你没说，我就可以一边工作，一边把暗恋的心意藏起来，可现在不是弄得连见面都难了吗？你把我小小的梦想打碎了，真过分！”

我内心深处大概是这么想的。

最让我后悔的是没能让老板好好地和猫太郎告别。他应该希望把头埋进猫太郎的毛里，再听一次它呼噜呼噜的声音吧！他比谁都爱这只猫，而我就这样把它带走了，现在该怎么办啊。也不知道还能不能回餐厅。或许可以装作什么都没发生过的样子回去，可是两个人再见面的话，说不定老板的心又热腾起来，我的心，也一样。

这样……要是被老板娘知道了，按她的个性，绝不会轻易同意离婚的。店长和同事们要是知道了，我又该如何自处？说不定会同时失去爱情和工作。而依我的个性，根本不可能产生把一切夺回来的念头，我根本就没有那样的自信。我只想在那家餐厅生活工作，一直到老，这就心满意足了。这大概和老板在大溪地餐厅打工时的心情完全一样。

所以，我知道这一切不可能顺利发展。假如我自私一些，说不定会活得更轻松些。

我想着，在黑暗中睁大眼睛一动不动，听着窗外的雨声，老板一定也可以听到同样的雨声吧。窗口透进来一点光，照亮了地板。

猫咪发出呼噜呼噜的声音，仿佛在房间里奏响了优雅的旋律。我把手放在它的毛上，触摸着活生生的它，感受着它的体温。我一动不动，让猫咪躺在我身边，眼前突然闪现出老板同样一动不动、让猫咪躺着的情景。对所有生命都充满了热爱、拥有美好心灵的老板，吃完枇杷会留着核种出一棵树的老板，给生皮肤病的狗狗涂药的老板，因为喜欢大溪地而在那里悠闲生活、却把老板娘娶回了家的老板。

其实从在那家餐厅工作开始，我就从不同的角度喜欢着他，他的影子、他痛苦悲伤的表情、那时响起的伤感的音乐，一直在脑海中徘徊不去。

只过了一天工夫，猫太郎就彻底习惯了我的

生活。

就像一直生活在这里一样，它在我房间的窗台上蹲着，嚼着猫粮。它的存在让我心安，很多事情不再去想。

那天下午，为了交接工作，我又来到老板家。沿着走熟了的路步行，心情有些郁闷。

春风迎面吹来，樱花初放，到处都有花枝欲坠的樱花树，粉红色的花瓣飘得满天都是，这是个风有点大的午后。

新保姆比山中太太年轻些，一点也看不出已经有孙子了。看上去就是位非常有职业道德的专家，相关解释很快就说完了，她也没什么疑问。我想，从明天开始，她一定会做得比我更周到，即使小宝宝出生，也会照顾得很好。最后，我给她画了一张地图，关于周围许多店铺的说明，交接工作很快结束了。她也会照看好花园的，我想她即便不是全身心地爱这些花花草草，也不会任由它们荒芜的。

最后站到这再也不会来的花园里，望着天空，我说出了谢谢。清爽的风吹动树枝，花儿在草丛中热情绽放，仿佛都在对我说谢谢。谢谢你们给了我力量，只要他在这里，希望你们也能给他力量，我暗自祈祷。至于老板娘和她的情人，尽管从他们身上汲取力量好了，要对老板、即将出世的孩子，还有新来的铃木太太温柔哦。

门开了，铃木太太在里面叫我："那个，老板好像回来了，有话和你说。"

我吃了一惊，吃惊的表情清楚地写在脸上。费尽力气才装作平静地回答："马上来。"

我心里知道，我们都想再见彼此一面。至少我可以为自己说了那么过分的话向他道个歉，即便不说自己同样被他吸引，也希望可以稍微传达一点自己的心意。

进了屋，老板装出一副若无其事的样子："辛苦你了。可以来一下吗？哦，铃木太太，接下来就拜托您了。请先整理一下厨房，还有一些衣服需要洗。然后，如果方便的话，帮我整理一下储藏室。”

铃木太太毫无疑义，边应着边往厨房的方向走去。

只剩下我和老板两个人，我深深低下头，脸涨得通红。

“真的谢谢您……关于餐厅的事，可以让我再考虑一下吗？我还是很喜欢我们的店，现在也不想去别的地方。”

我说。

抬起头，老板眼神炽热如火地看着我。

“请到这里来一下。”

这样说着，他大步走上楼梯，往二楼的方向去了。我跟在后面，以为他要给我看一些有关餐厅历史的照片什么的。老板当真是进书房，他打开房门，我跟着走进去。那里有一扇很大的窗，可以看到下面的花园。窗帘拉着，房间有些暗。老板突然关起房门，用力抱住了我，朝大沙发（听说他总是在这个沙发上午睡）扑过去。

这、这是怎么回事？……要是被楼下的铃木太太听到了怎么办？我不敢大声叫，只能用力绷紧身体，一言不发地用责备的眼神看着老板。

“求求你，就一次，求求你了。我已经无路可走了。”

老板用痛苦的表情看着我说，“即使你回到店里，我也不再主动和你说话，不再和你见面。如果因为我做了这样的事情，你要辞职，我也无话可说，全都是因为我的自私造成的。我可以保证。所以，就一次，让我要你吧。”

然后，他紧紧地闭上了眼睛。我到这时才明白，为什么我的身体会知道老板有多渴望得到我，而他又一直忍耐克制了多久。

他的身体重重地压着我，力气很大。而我，似乎很早以前就和他接触过，大概是在梦中吧，他的身体对我而言毫不陌生。不用这么做我也不会逃跑，其实我也喜欢你……他的力气几乎让我说出了心里话。为了不看到我冷静而责难他的眼神，老板使劲把我的头埋到他的胸口，还是痛苦地闭着眼睛。他心脏跳动的声音在我耳边回响。猫、人，或是狗，都只有一颗心脏，每天都拼命地跳动着，为什么人类会变得这么折磨人呢？我一边挣扎一边想。

要是在这里逗留的时间长了，楼下的铃木太太一定觉得奇怪。这里是老板娘的地盘，这里是她的家。我不喜欢这样，这让我觉得自己很无耻。在为老板娘建造的房子里被喜欢的人侵犯，这太可耻了。如果这样的话，那和利用这里与别的男人约会的老板娘又有什么区别？大家都太可笑了，都只不过在满足自己的欲望罢了。

然而，这种心情在碰到他的手、那无论怎么挣扎都阻止不了的手以后，消失了。他的手伸进我的内衣，温柔小心地抚摸着我，就像捧着一只易碎的鸡蛋，又或是掌心里托着一只小虫在走，仿佛正在触摸的是无比重要的东西。

这个世界上不存在可以拒绝如此强烈欲望的

人，我突然明白过来，身体一下子松下来。一瞬间，我不再把自己当成他的员工，第一次放弃敬语，改用和一般男人说话的语气：“好，我知道了，我们做吧。不过不要在这里，我想出去。”

他沉默着应允了。

我们一句话也不说，很快走出房门，确认走廊里没有人后迅速离开了家。两人都低着头，沿着马路走出去。

傍晚的街道上有很多放学归来的孩子，大家吵吵嚷嚷，吃着章鱼小丸子或是冰激淋，喝着罐装饮料，走在回家的路上。那声音混合着车辆的声响，如同海浪般涌来。

天空是遥远的粉红色，上面点缀着蕾丝一样的云彩。正是夜色降临的时刻，各家各户的妈妈们都在准备晚餐吧。

被拥着肩走在这条道路上的情景，我一辈子都不会忘记。

在对面马路的后面，有一家特别的情人旅馆，两人同样低着头走了进去。

在荧光灯的照射下，房间中央放着床和被子，好像在说“请吧”。我静静地躺下去，关了灯。

绝对不能半途而废，不能让他知道我的心意。

可是他的手那样温柔，在他温柔的触摸下，我湿润了。他第一次惊讶地看着我，非常漂亮的眼睛，没有被欲望污染的眼睛。

啊，原来被人爱是这么一回事，男人喜欢上女人是这样的。如果这不是爱，一个人怎么能用如此温柔的手来触摸另一个人？被他抚摸过的地方，就像被安慰过一样，一点一点温暖起来，即使在他非常激烈的冲击下也没有改变。戴上避孕套，他在我体内射出许多精液，之后依然有力地抱着我，缓缓地抚摸我的头发，就像摸着猫太郎一样宠爱着我，似乎在确认我是活生生的人。

当我们穿好衣服离开酒店时，天已经完全黑了，华灯初上。夜幕下，我们走在街道上，我想和他再说些什么。

即使不说话也不要紧，就这样多待一会儿也好，我想。

可是老板已是一副就快哭出来的样子，他始终垂着眼皮，表情悲伤，仿佛下了决心："那么，再见了。"他用尽全力说，"到了大溪地，要小心。我会遵守约定的。任何时候想回餐厅都行，请和店长联络。"

说完望了我一眼，几乎是跑着离开了。

一次也没有回头。

望着消失在夜色中的他的背影，我知道他的决心是真的。他已经决定，不会再和我见面。

我的脸颊还是烫的，两腿之间也还热乎乎的。风吹散热气，抚平了衣服上的皱褶。我在原地站了一会儿，定定地望着老板消失的方向。

就这样吧，这样挺好，我不断对自己说，可心里还是感觉像失去了什么不可替代的宝物般茫然不安。

※

在大溪地的最后一个晚上，我知道金山太太的话对我产生了微妙的影响，似乎身上的某个部件又找了回来，发生了奇妙的变化。心情变得舒畅，仿佛从噩梦中醒来。

那句话的意思……对我而言有什么意义？我嘀咕着走着。

一个人在步行道上走，偶尔可以听到鱼儿跳起来的声音，这是个非常安静的夜晚。

无数的星星闪耀着，将天空围得严严实实。

我久久地望着天空，突然转头快步朝酒店大堂的方向走去。

在前台，一如常规地站着和金山太太的老公一样穿着背心挺直了脊梁、努力工作着的酒店员工。

我跟他要了一张纸，给老板写了一封短信，发到他公司的私人办公室。一个字一个字，用力地写，就像个孩子。为了不让其他看到的人起疑，我仔细斟酌着用词，可这用力的笔迹会传递出我的心意吧。

“在这里看到了柠檬色的鲨鱼，就像您所说的，太不可思议了。回去就立刻和店长联络，我想早一点回店里上班，会比以往更努力。不知道该怎么说，自从我在您家里工作以来，心情一直如初。看着同样的东西一起努力奋斗的日子，让我难以舍弃。您的心意是否发生了变化？我想接受您的全部。”

前台的服务生微笑着，用标准的英语说：“是发往东京吧？放心，一定能收到的。派个车把您送回房间？”

“不用了，我散着步回去。”我也笑着回答。

然后，我沿着同样的道路回到房间，晚风凉爽舒畅。

如果，我想。如果和老板在一起生活，在天堂的母亲会流泪吧。和上司发生不伦恋情，争吵、身份的差异、经济的差异、职业的差异……很多人都会把我当成卑鄙的偷腥猫贼吧，而且我也的确偷了一只猫……所有这些即将随之而来的流言，都是母亲深恶痛绝的。

说不定这一切都不会发生，金山太太或许会这样说吧，这想法乘着晚风倏然而至。或许这也是远在天堂的外婆和母亲要带给我的话？

当爱情发生时，看起来关系复杂的男女如果决定一起生活，或许结局离金山太太的故事不远了呢？

问题很多，不过，只要明白了真正的内心世界……我思索着，又一次抬起头，望着星空。

打开房门，迎面而来的是金山太太身上旧棉布衣服的味道，心中有些不舍。两人的茶杯在桌上并排放着。

我心中一直暖暖的，沉沉地入睡了。

第二天，到机场的船客满。

睡了个好觉，心情舒畅，心里默默地和奥特马努山[①]告别。在我眼中，它是高傲且值得依赖的山峰。无论何地，只要抬头就能看到它，满山的翠绿让人爱慕。和每天游泳其中的大海告别，早晨清冷的光线中，大海和空气都闪着透明的光彩。凉风吹在脸上，卷走了我的倦意。

在送别的尤克里里琴[②]琴声中，已经客满的船发动引擎，这时，前台女服务员突然跑过来："太好了，终于赶上了，有您的传真！"她递过来一个信封，写有我名字和房间号码的信封。

船开动了，朝着机场的方向在水上轻轻滑行。

我心里紧张极了，不断对自己说要冷静，在海风中打开信封，眼前是老板熟悉的字迹。

"回来后先和我联络，有很多话要和你说。还

---

① 位于波拉波拉岛上的一座双峰火山，高 725 米。

② 夏威夷四弦琴，形似小型吉他，有四根弦，1879 年被葡萄牙移民带到夏威夷。

有，我很想去看猫太郎，你们两个我都很想见。”

我的眼里泛出泪光，心里想，随便怎么都行了。

真实会在将来出现。

这时，有人用法语说，

“看，彩虹！”

船上的人都朝天空看去。那里果然出现了一道半圆形的彩虹，七彩的颜色浮在满山葱翠上。

回到日本，应该是温暖的春天了吧。我可以马上回餐厅上班，家里有猫咪等着我，还有一段将长久持续的爱情就要开始。一切都在发生惊人的变化，而面前，出现了一道彩虹。

“这一定是吉兆，最好的吉兆！我要把眼前的一切都记在心里，其他什么都不看。”我一边祈祷，一边目不转睛地看着这道小小的却闪耀着光辉的彩虹。

后记

大溪地这个地方确实内涵很深，待一个礼拜恐怕只能看到它的冰山一角。

但我还是发现了它的深奥，所以我想："或许一周的采风能够写一篇即兴的小说？"有的地方适合这种写法，也有的地方不适合。

所以，我写了一篇关于在日本认真寻找幸福的男女之间的故事。

大溪地最吸引我的是它保持自然的生活方式。希望有一天可以再去，从别的角度观察，再写一篇文章。

在去那里的这段时间，并没有发生什么特别值得兴高采烈的事情，但后来想想，又觉得是"快乐"得不可替代的旅行。

谢谢坂东真砂子小姐，爽快地接受了我的

采访。

现在已经辞职的菊地大助君明快的笑容给大家的旅途增添了色彩，谢谢你能一直以笑脸陪伴我们。

英语、法语、大溪地舞蹈，谢谢十项全能的亚历山德罗，还教大家说韩语，我真的快乐极了，甚至忘了自己身在哪里。

谢谢拿起尤克里里琴就如鱼得水的小原，当我打不开水上木屋房门时，你二话不说跳进海里，打算从另一头进入房间，没想到也锁着。在晚霞中冻得簌簌发抖的小原，谢谢你的画，非常有视觉冲击力。看到你的画，感觉那深夜的天空突然活过来了。

谢谢在大海中拍下色彩亮丽的照片的山口先生。山口先生的照片和大海的颜色一模一样呢！我们两个坐在香蕉船上被晒得黝黑的情景，我一辈子也不会忘记。

谢谢一直冷静沉着应对一切的石原先生，这次也辛苦你了，谢谢。

最后，谢谢事务所的入野庆子小姐，你刚刚失去母亲，却从没在人前流泪，总是耐心地和我商量，安排小说和日程相关事宜，忙里忙外，谢谢你。因为有了无比能干的你，这本书才能如此精彩。

最后，谢谢读了这一系列小说的大家，谢谢你们又读完了这一本，我从心里感谢你们。

我把旅游行程表加在附录上，如果你也想去大溪地，可以做个参考。

我想，下次去的地方不同，这个旅行系列还会写出新的东西。今后也请多多关照，多读我的作品。

附录・旅游行程表

2001 年

■ 5/23

11:20	羽田机场集合
11:40	办理登机手续
12:05	搭乘 ANA 145 次航班飞往关西国际机场
14:00	办理登机手续
17:15	搭乘大溪地航空 TN0087 次航班飞往大溪地
10:05	（当地时间）到达大溪地岛 FAA'A 机场，当地旅行社的日本籍工作人员担保通关，前往候机楼
11:10	转乘 QE1000 次航班前往莫雷阿岛
11:20	到达莫雷阿 Temae 机场
11:30	乘坐 Moorea explorer（巴士）前往酒店
12:10	到达 Hotel Moorea Village，办理入住手续
14:00	在酒店的 Bar 用午餐，随后换了一点当地货币，去海滩散步
18:30	在 Le Pitcairu 餐厅用晚餐

20:30　　在“TIKI VILLAGE”观赏大溪地舞蹈

22:30　　结束，回酒店就寝

■ 5/24

9:00　　结账，乘坐 Moorea explorer 巴士前往 Hotel Sofitel la Ora Moorea

10:00　　到达 Hotel Sofitel la Ora Moorea，办理入住手续

11:10　　前往机场租车

12:00　　租车在岛内兜风。途经露营地、纪念品市场和鱼市等，沿山路开到可以一览 Bali Hai 山的 Belvédère

14:00　　在 Café Banana 用午餐

16:30　　回到酒店，下海游泳

18:30　　在酒店内的 Bar Molokai 喝开胃酒

19:30　　在酒店内的 La Perouse 用自助餐，观赏大溪地舞蹈

■ 5/25

11:00　　归还租车

12:10　　出发前往 Moorea Beachcomber Parkroyal Hotel，参加在那里举办的“寻找海豚”活动

13:10　　在酒店内的 Bar Motu Iti 用午餐

15:15　　参加“寻找海豚”节目

17:10　　乘坐 Moorea explorer 巴士前往 Hotel Sofitel la Ora Moorea

19:50　　在酒店外面的 Le cocotier 餐厅用晚餐

■ 5/26

11:30　　结账

12:50　　去 BPGC（Black Pearl Gem Company）购物

14:45　　在 Temae 机场集合

15:20　　乘坐 QE1515 次航班前往大溪地岛

15:30　　到达大溪地岛的 FAA'A 机场，进入机场候机大厅

16:15　　乘坐 VT416 次航班前往波拉波拉岛

17:00　　到达机场，酒店的工作人员前来接机，坐船前往酒店

17:35　　到达 Hotel Le Meridien Bora Bora，办理入住手续，前往各自的水上木屋

19:30　　在酒店内的 Le Tipanie 餐厅用自助餐

21:30　　在酒店内的 Bar Mikimiki 喝鸡尾酒，随后解散

■ 5/27

11:00　　前往酒店的私人沙滩

12:50　　在酒店内的 Le Te'Ava 用午餐

14:15　　前往泻湖浮潜区

16:30　　到达酒店，在海滩边打乒乓球

17:30　　在酒店内的 Bar Mikimiki 喝开胃酒，看夕阳

19:30　　在酒店内的 Le Tipanie 餐厅品尝亚洲风味自助餐

21:40　　在酒店内的 Bar Mikimiki 喝餐后酒

■ 5/28

8:00　　在大堂集合，结账

8:30　　乘坐快船前往机场

9:30　　乘坐 VT440 次航班，办理乘机手续

9:45　　经由呼尔希尼岛前往大溪地岛

10:40　到达大溪地岛的 FAA'A 机场，乘坐机场大巴前往酒店

11:30　到达 Tahiti Beachcomber Parkroyal Hotel，办理入住手续

12:30　前往帕皮提市区、市场，在购物中心的 Le Rétro 用午餐，随后自由活动

16:00　乘出租车回到酒店

17:00　和坂东真砂子见面会谈

19:40　晚餐，在 Chez Mario 餐厅

21:50　回到酒店，大家最后一次一起在酒店泳池游了泳，随后就寝

■ 5/29

6:20　结账

6:45　到达机场，乘坐大溪地航空 TN088 次航班，办理登机手续

■ 5/30

14:40　到达关西国际机场

16:50　换乘 JAL344 次航班前往羽田机场，办理乘机手续

18:05　到达羽田机场，解散

行程结束

合作/大溪地观光局

图书在版编目(CIP)数据

彩虹 /（日）吉本芭娜娜著；钱洁雯译.
—上海：上海译文出版社，2018.11（2023.5重印）
（吉本芭娜娜作品系列）
ISBN 978-7-5327-7850-8

Ⅰ.①彩…　Ⅱ.①吉…　②钱…　Ⅲ.①中篇小说—日本—现代　Ⅳ.①I313.45

中国版本图书馆 CIP 数据核字(2018)第 086289 号

图字：09-2006-018 号

彩虹	［日］吉本芭娜娜　著	出版统筹　赵武平
		责任编辑　叶晓瑶
虹	钱洁雯　译	插　　画　原增美
		装帧设计　尚燕平

上海译文出版社有限公司出版、发行
网址：www. yiwen. com. cn
201101　上海市闵行区号景路159弄B座
江阴市机关印刷服务有限公司印刷

开本 787×1092　1/32　印张 5.75　插页 8　字数 52,000
2018 年 11 月第 1 版　2023 年 5 月第 2 次印刷

ISBN 978-7-5327-7850-8/I・4830
定价：48.00 元